UN RECUEIL DE CONTES CANADIENS-FRANÇAIS

L'Arbre de l'ancienne grand-mère

TOME 1

JOSEPH BOLTON

ILLUSTRÉ PAR NATASHA PELLEY-SMITH

Éditions Augustine's Alley

Titre original: Old Grandmother's Tree: A Collection of French-Canadian Folktales, Vol.1

Traduit de l'anglais par Kim Lan Dô-Chastenay
Conception de la couverture : Aaxel Author Group et Darlene Seong
Mise en pages : Aaxel Author Group
Illustration : Natasha Pelley-Smith

ISBN (papier): 979-8-9892325-2-9
ISBN (ePub): 979-8-9892325-3-6

Ce livre fait référence à des événements historiques et à des personnages historiques dans un cadre fictif au sein d'histoires imaginatives telles que mentionnées dans l'introduction du livre. D'autres noms, personnages, lieux et événements sont le produit de l'imagination de l'auteur.

Nous reconnaissons l'aide financière du Leominster Massachusetts Cultural Council en hommage au patrimoine canadien-français de la Nouvelle-Angleterre.

Je dédie ce livre à mes neuvième arrière-grands-parents Miteouamigoukoue et Pierre Couc.

« *Miteouamigoukoue a vécu une vie pleine avec dignité, respect et amour. Une femme algonquine courageuse et aimante...* ».

—Père Elisée Crey, prêtre Récollet, curé de Trois-Rivières, Québec, 1699

Table des matières

Note de l'auteur

J'ai écrit ces histoires comme hommage empreint de respect et d'affection à mes ancêtres, à la fois québécois et autochtones, et à leurs traditions. Je ne prétends pas être membre d'une communauté autochtone. En outre, je soutiens entièrement le droit des peuples autochtones à décider par eux-mêmes qui est et n'est pas membre de leurs communautés en fonction des critères qu'ils auront déterminés.

Je suis très fier d'avoir des racines québécoises et autochtones, et j'espère que les Québécois et les Autochtones liront mes histoires dans un esprit de famille, d'amour et d'amitié.

Joseph Bolton

Note de l'éditeur

Lorsque l'on travaille avec un auteur afin de réviser et peaufiner son manuscrit, l'un des aspects les plus gratifiants de ce processus est de témoigner le développement du manuscrit. Cet aspect était très présent dans ma collaboration avec Joseph Bolton pour *L'Arbre de l'ancienne grand-mère*.

Se lancer dans un partenariat éditeur-auteur nécessite une confiance de la part de l'auteur et un dévouement profond de la part de l'éditeur. Dans ce cas, Joseph partageait avec moi et mon équipe une œuvre très personnelle, dans la mesure où elle était un hommage à son héritage, un héritage tout à fait unique en tant qu'un Américain voulant faire un lien avec ses racines canadiennes-françaises et autochtones. En même temps, Joseph s'efforçait de créer des contes populaires, uniques et nouveaux, tout en respectant les paramètres traditionnels de ce type d'œuvre. La nature de ce travail était quelque chose que je gardais très à l'esprit lorsque je révisais et conseillais pour s'assurer le développement de chaque histoire du manuscrit.

Au cours de cette période, *L'Arbre de l'ancienne grand-mère* s'est étendu au-delà de la collection originale d'histoires, témoignage de l'étendue de la créativité que le livre offrait à l'auteur et à l'éditeur.

Il y a plusieurs éléments dans ce livre que le lecteur appréciera certainement : un univers narratif charmant, des personnages dans lesquels on veut investir, une célébration de la famille et, bien sûr, d'importantes leçons pour la vie.

De la part de moi et de toute l'équipe d'Aaxel Author Group, ce fut un véritable privilège de soutenir Joseph tout au long du processus de développement du manuscrit ainsi que de voir ce livre prendre vie et être livré entre les mains de lecteurs comme vous.

Introduction

Les contes folkloriques sont inhérents aux cultures de partout dans le monde. Ces récits faussement simples mettent souvent de l'avant des créatures fantastiques et des animaux farceurs qui non seulement divertissent, mais surtout transmettent d'importantes morales afin de vivre vertueusement. Chaque conte folklorique d'une culture précise évoque une certaine saveur prenant racine dans son histoire. Toutefois, puisqu'ils font appel à des thèmes universels de la vie humaine, ils sont appréciés bien au-delà de leur territoire d'origine.

Cet ensemble de contes folkloriques canadiens-français, écrits de ma plume et magnifiquement illustrés par Natasha Pelly-Smith, possède trois sources principales. La première est mes ancêtres canadiens-français et autochtones que j'ai plongés dans un monde folklorique recelant magie, animaux farceurs et créatures du Québec du 17ᵉ siècle et du début du 20ᵉ siècle. La deuxième source provient des mythologies algonquines, abénaquises et mi'kmaq. La troisième vient de mon propre vécu en tant qu'enfant de la grande diaspora québécoise en Nouvelle-Angleterre.

Je suis né à Pawtucket, au Rhode Island en 1964, à la fin de l'âge d'or de la culture canadienne-française en Nouvelle-Angleterre. Ma mère, Carol Bolton (née Savoie) avait 21 ans et était la plus âgée des onze enfants de Roland et Claire Savoie (née Saint-Goddard). À cette époque, de nombreux Canadiens-français à Rhode Island pouvaient parler français et le faisaient. Nous avions même des églises et des écoles francophones à Pawtucket.

En tant que premier petit-enfant, j'étais aimé et dorloté par mes tantes et oncles, dont la plupart étaient encore enfants eux-mêmes. Dans certains de mes plus vieux souvenirs avec eux, je me rappelle aller à la messe de minuit à l'église francophone de Pawtucket, Sainte-Cécile, puis me rendre à l'appartement de ma grand-tante pour un grand repas de Noël. Encore aujourd'hui, j'associe l'arôme étrangement épicé de la tourtière chaude à mes grands-tantes et avec Noël en particulier.

Dans la maison de mes grands-parents, les pièces étaient décorées de crucifix, de statues et d'art religieux. Ma grand-mère Claire avait l'habitude de réunir tout le monde pour égrener le rosaire en famille. En de rares occasions, je surprenais les taquineries en français entre mon grand-père Roland et ses sœurs Jeannette, Rita et Florence. À plusieurs égards, je pense que si on fait abstraction de la langue anglaise qui primait, mon enfance ressemblait assez à celle des enfants canadiens-français du Québec du début à la moitié des années 1960.

Tout petit, je savais que nous venions du Québec. Par contre, en vieillissant, la façon dont je percevais le Québec a changé, évolué. Au début, c'était le lieu des contes et des légendes familiales. Mes grands-tantes parlaient de leur frère Georges Savoie qui, en tant que frère Donald de Sacré-Cœur, enseignait les mathématiques à Sherbrooke et à Drummondville au Québec, et à Central Falls au Rhode Island. Ma grand-mère Claire évoquait ses parents Adélard et Eva Saint-Goddard (née Marion) et racontait que lorsqu'ils étaient sans enfant, ils ont visité le sanctuaire de Sainte-Anne-de-Beaupré pour demander un bambin à eux. Mon grand-père Roland parlait des visites à ses cousins à la vieille ferme familiale Meunier au Québec. Ils racontaient aussi comment mes arrière-arrière-grands-parents, Elphage et Delia Meunier recevaient dans leur maison le frère André Bessette (plus tard canonisé) pour souper.

Un peu plus tard, le Québec est devenu un endroit à visiter rempli d'aventures. Ma première escapade au Québec a eu lieu lors d'un voyage de camping à Gatineau, juste de l'autre côté du fleuve à partir d'Ottawa. Nous avons visité le Parlement, et c'est là où je me suis rendu compte qu'il y avait deux Canada : l'un anglais et l'autre français. Nous avons aussi fait des voyages en famille, les meilleurs étant ceux où nous assistions aux matchs des Expos de Montréal.

Lorsque nous étions dans la vingtaine, moi et mes frères David, Peter et Patrick, qui maîtrisaient le français, allions faire la tournée des bars à Montréal. Or, leur français n'était pas parfait. Mon frère Patrick rit encore lorsqu'il se remémore s'être fait crier dessus par un barman en raison de sa mauvaise conjugaison du verbe « boire ». Disons qu'à ce moment de nos vies, le Québec était le lieu d'aventures trépidantes.

Ma dernière visite au Québec, jusqu'en 2022, remontait à 1987 et j'étais en compagnie de mon grand-père Roland et de mon frère David. Nous sommes allés à Notre-Dame et au Musée des Beaux-arts, avons roulé jusqu'à la vieille ferme Meunier, puis avons fait la route longue et ennuyante le long du fleuve Saint-Laurent pour une petite promenade sur les Plaines d'Abraham, puis à Sainte-Anne-de-Beaupré. Le voyage s'est révélé fatigant, et même si j'étais certainement intéressé, j'ai eu l'impression d'être un touriste à l'horaire trop chargé. Cela m'attriste aujourd'hui, en partie parce que mon grand-père me manque.

Plusieurs années plus tard, grâce à l'arrivée des tests d'ADN et des avancées en matière d'outils généalogiques, j'ai fait des recherches sur l'histoire de notre famille au Québec. La plus grande surprise est survenue lorsque j'ai donné à ma mère et cinq de ses frères et sœurs un test d'ADN.

En grandissant, on nous disait que la famille de ma mère était « 100 % » francophone. En réalité, bien que nous soyons surtout français, les tests d'ADN ont montré que d'autres ethnies se sont immiscées dans notre arbre et que nous sommes également espagnols, anglais et autochtones. Parmi ces ancêtres autochtones, j'en ai retrouvé trois jusqu'à maintenant. L'un était le guerrier Penobscot nommé Madockawando, dont la fille a marié l'irascible Baron Jean-Vincent d'Abbadie de Saint-Castin. Un autre était une femme mi'kmaq de qui, malheureusement, l'on sait très peu de choses.

Toutefois, c'est un troisième ancêtre, une femme algonquienne baptisée Marie Madeleine, mais née Miteouamigoukoue, qui a touché mon cœur. Nous en savons beaucoup sur elle grâce à la consignation rigoureuse des événements des Jésuites et aux recherches du regretté généalogiste et éducateur canadien-français Normand Léveillée, également descendant de Miteouamigoukoue.

En 1652, Miteouamigoukoue était une jeune femme de la Première Nation Weskarini qui vivait avec son mari Assababich et leurs deux jeunes enfants, Pierre et Catherine, près de Trois-Rivières. Sa vie changea pour toujours lorsque des pillards mohawks venant du sud attaquèrent le peuplement, tuant et capturant beaucoup d'Algonquins et de Français. Son mari Assababich fut tué durant l'attaque et ses deux enfants, ainsi qu'une jeune femme algonquienne nommée Kahenta, future mère de Sainte Kateri Tekakwitha, furent capturés et emmenés dans le village Mohawk d'Ossernenon. Elle ne revit jamais ses enfants. Cinq ans plus tard, elle maria le soldat français et interprète Pierre Couc et ensemble, ils devinrent mes neuvièmes arrière-grands-parents. Cette tragédie, vécue à un si jeune âge, m'a beaucoup ému, mais surtout, j'ai admiré sa force, sa persévérance et son courage de vivre et d'aimer encore.

C'est avec Miteouamigoukoue et son mari Pierre Couc que j'ai commencé ce recueil de contes folkloriques. Un bon conte folklorique possède un mélange de vérité littérale et de ce que j'appelle la vérité folklorique. Dans ces récits, la vérité littérale est que tous les Meunier, Pierre Couc, Miteouamigoukoue, Assababich et grand-père Charles sont de vraies personnes, mes ancêtres, et que leurs relations avec moi et entre eux sont véridiques.

En août 2022, j'étais déjà bien avancé dans mon écriture de ces contes folkloriques lorsque j'ai eu l'idée de retourner au Québec. En parcourant une carte, j'ai vu le village juste au-dessus de la frontière avec le Vermont portant le nom intriguant de Magog. Quatre heures de voiture plus tard, je me trouvais l'invité de Nicole et Michel, mes hôtes du charmant gîte Au Cœur de Magog.

Bien honnêtement, je ne savais pas à quoi m'attendre, puisque c'était mon premier retour au Québec depuis que j'y étais allé avec mon grand-père en 1987. Serais-je le bienvenu? Me serait-on hostile à cause de mon français imparfait? Est-ce qu'on me parlerait, à moi, un parfait étranger du sud de la frontière? Il s'avère que je n'avais aucune inquiétude à me faire. Les Magogois étaient amicaux et chaleureux, et ils s'intéressaient à l'histoire d'un Canadien-français rentrant à la maison depuis la Nouvelle-Angleterre. Même mes tentatives de parler français recevaient un accueil légèrement amusé et des encouragements. Merci, Magogois, pour m'avoir aidé à découvrir que le village de Saint-Honoré dans *L'Arbre de l'ancienne grand-mère* est aussi près de Magog que possible sans l'être réellement.

Durant ce voyage, je me souviens d'un début de soirée chaude sur le bord du lac Memphrémagog, regardant le coucher du soleil sur le mont Orford comme si j'en voyais un pour la première fois. Je ne me sentais pas comme un touriste ni comme un étranger tandis que je marchais sur le territoire parcouru par mes ancêtres, regardant les montagnes comme ils l'avaient fait, et considérant ses gens qui étaient littéralement mes cousins. J'ai ressenti un élan d'amour pour le territoire et les gens du Québec.

J'espère que vous aurez du plaisir à lire ces contes folkloriques, que vous les trouverez émouvants, drôles et réfléchis. Par-dessus tout, gardez en tête que ces contes sont une lettre d'amour de moi à vous, Québécois et Canadiens-français de partout!

Merci!

MA LUMIÈRE, C'EST TOI

CHAPITRE 1

À l'aube d'une fin d'hiver

Aube, 5 mars, 1657
Trois-Rivières, Nouvelle-France (Canada)

Agité, grand-père Charles de la tribu algonquine Weskarini s'assit doucement dans son lit, à l'intérieur de sa maison longue. Même s'il s'était efforcé de ne pas déranger sa femme, celle-ci étendit le bras pour toucher le dos de son mari.

– Charles, il fait froid ce matin, reste ici et garde-moi au chaud.

Charles se tourna vers sa femme.

– Tu devras faire sans ton gros ours d'homme ce matin, Sehamou. Je dois aller dehors, respirer l'air frais et entendre la neige craqueler sous mes pas en marchant.

Il parcourut la pièce du regard à la recherche de ses bottes d'hiver.

– J'ai aussi besoin de temps pour penser.

Sehamou s'assit.

— C'est Miteouamigoukoue, non? Je te connais, Charles, dit-elle en l'embrassant derrière les épaules. Est-ce que ce sont des pensées sur notre petite-fille qui te font quitter ce lit chaud à mes côtés?

— Oui, c'est exact, dit-il en se penchant pour enfiler une paire de mocassins chauds. Ça ne peut pas continuer ainsi, ma chère.

Charles s'enroula dans un manteau en se levant.

— Non, ça ne peut pas continuer ainsi, mon cher. Miteouamigoukoue est veuve depuis presque cinq étés maintenant. Mais elle est encore jeune, et il y a des hommes dans le village qui la marieraient, mais elle ne veut rien savoir.

S'enveloppant dans une couverture, Sehamou marcha jusqu'à la porte de la maison longue.

— Les femmes commencent à parler de Miteouamigoukoue, et de la raison pour laquelle elle refuse de parler de mariage.

— Oui, je sais, soupira Charles.

À l'extérieur de la maison longue, le soleil rouge à l'horizon créait de longues ombres qui s'entrecroisaient sur la neige rosâtre tandis qu'un croassement de corbeau faisait écho à travers les arbres. Il n'y avait aucun mouvement dans le village, à l'exception d'une femme à l'extérieur de sa maison longue qui dérangeait quelques bûches fumantes dans le feu.

Sehamou se tourna pour regarder son mari tout habillé qui se préparait à sortir.

— Le lever du soleil a l'air magnifique ce matin, Charles, je vais peut-être me joindre à toi.

Son sourire révélait un amour profond pour son mari. Charles secoua la tête.

— Non, chérie, je dois faire cette marche seul.
— Oh! Alors le guerrier Charles s'en va planifier une féroce bataille et faire ses redoutables corvées ce matin! dit-elle en riant.

Charles rit doucement avec sa femme.

— Tu as raison, plus que tu ne le penses, Sehamou.

Il s'arrêta un moment avant de poursuivre.

— Je vais voir les Français ce matin. Rejoins-moi au centre du village quand le soleil sera à son apogée.
— D'accord, Charles, dit Sehamou en regardant son mari avec scepticisme. Me rapporteras-tu quelque chose des Français?

– Tu verras, Sehamou, tu verras.

Charles se pencha pour embrasser le front de sa femme.

– Quand nous nous retrouverons, Sehamou, j'aimerais que tu amènes Miteouamigoukoue avec toi, dit-il en souriant. Et peut-être que toi et tes amies pourriez préparer un bon petit pique-nique pour deux personnes et l'apporter aussi.
– Hmm, fit Sehamou en arquant un sourcil. Quelque chose me dit que ce ne sera pas un pique-nique pour nous.
– Tu as raison, comme toujours Sehamou. Je te le promets, nous ferons cette marche ensemble bientôt. Mais d'abord, Miteouamigoukoue a besoin de notre aide.

Satisfait que Sehamou ait compris sa partie du plan, Charles passa la porte en s'engagea dans la neige vers le côté français du peuplement.

CHAPITRE 2

Un petit-déjeuner avec Père Ragueneau

Le temps que Charles arrive devant la petite église du village du côté français du peuplement, le soleil n'était plus rose. Sa lumière froide et brillante perçait les nuages, et ses rayons éclairaient de petites trouées sur la Terre enneigée en contrebas.

Les portes de l'église pivotèrent brusquement, et en sortirent les Algonquins Magouch et sa femme Tchiouantoukoue, Oumachtikoueou et son mari Ouechipapaiat, ainsi que les colons français Antoine et Anne Desrosiers, Pierre Boucher et Séverin Ameau. Un mélange de surprise et de joie se peignit sur leur visage en tombant sur Charles, qui assistait rarement à la messe quotidienne matinale. Finalement, Père Paul Ragueneau sortit également dans l'air froid, encore vêtu de ses habits de cérémonie. Il sourit à Charles et serra son bras pour le saluer.

– Si tu viens pour la messe matinale, Charles, tu es environ une heure en retard. Mais je suis toujours heureux de te voir, mon ami.

– Je suis heureux de vous voir aussi, Père. Je ne suis pas venu pour la messe, mais j'aimerais vous parler.

– Bien, Charles, mais d'abord, rejoins-moi pour le petit-déjeuner, puis tu me diras ce qui te travaille ce matin.

Charles suivit Père Ragueneau dans sa modeste maison, où ils savourèrent un petit-déjeuner simple composé de pain et de poisson fumé.

– Alors, Charles, quelle inquiétude t'amène ici ce matin?

– C'est Miteouamigoukoue, Père.

Charles jeta un œil à la petite statue de Marie tenant bébé Jésus sur le manteau de la cheminée.

– Elle fait tout ce qui est requis d'elle dans notre famille et notre village...

Il marqua une pause.

– Mais il y a une tristesse, une solitude en elle.

— Elle a beaucoup perdu, Charles.

Une pointe de tristesse voila les yeux de Père Ragueneau.

— Elle n'est pas la seule. Depuis l'attaque… eh bien, c'est comme si nous vivions sous une pluie froide de printemps.
— Sehamou et moi le voyons aussi, Père. Nous avons eu une bonne vie ensemble, Sehamou et moi, et c'est ce que je veux pour Miteouamigoukoue.
— Certainement, quelqu'un dans votre village a démontré de l'intérêt pour Miteouamigoukoue? demanda Père Ragueneau.
— Oui, mais Miteouamigoukoue s'en va dès qu'il est question de mariage.
— Il semble toutefois y avoir un homme proche de Miteouamigoukoue, Charles, avança Père Ragueneau avec un rire. Mais il n'a pas l'air pressé de se marier non plus.
— C'est pour cela que je suis venu vous voir, Père, pour que vous les convainquiez de se marier, plaida Charles.
— Charles, vous devez comprendre qu'ils sont libres de prendre leurs propres décisions.

Père Ragueneau fit une pause avant de continuer.

— Charles, mon ami, je veux t'aider et lorsque le moment viendra, si Dieu le veut, je jouerai mon rôle selon mes fonctions.

Il jeta un coup d'œil par la fenêtre à la petite église d'à côté. Père Ragueneau se leva et s'approcha de la fenêtre.

– Mon ami, je pense que tu dois plaider ta cause à une autorité supérieure à la mienne.

Charles secoua la tête.

– Je ne comprends pas l'obsession française pour les titres et les autorités. Un homme a de l'autorité parmi ses gens parce qu'il est brave et sage, et que les gens savent qu'il les dirigera de manière juste. Un homme n'acquiert pas ces qualités seulement parce qu'un roi lui accorde un titre.
– Charles, tu ne comprends pas à qui je fais référence. Suis-moi.

Père Ragueneau mena Charles vers la porte et, quelques minutes plus tard, tous deux se trouvaient devant la porte de l'église.

– Vous voulez que je parle à Jésus? Les yeux de Charles étaient grand ouverts tandis qu'il regardait la porte d'église.
– C'est bien ça, entre, répondit Père Ragueneau.
– Ça fait des années que j'ai été baptisé, et je ne comprends toujours pas. Comment le Créateur du monde entier peut-il rentrer dans une petite boîte dans cette église?

Charles regarda le ciel et d'un mouvement de bras, pointa la vastitude qui les entourait.

— Les mots nous manquent, Charles, et personne n'a eu tous les mots nécessaires pour décrire la vérité et la beauté de notre existence.

Père Ragueneau plaça une main réconfortante sur l'épaule de Charles.

— Ce que je crois, c'est qu'il est là, il attend que nous lui parlions. Il comprend aussi notre tristesse et nos pertes, Charles, parce qu'il les a toutes deux vécues. Rappelle-toi ce que je t'ai dit sur Lazarus et le récit de la veuve?

— Oui, je m'en souviens, mais qu'est-ce que je devrais lui dire?

Père Ragueneau ouvrit la porte de l'église.

— Tu le sauras une fois à l'intérieur.

Charles passa la porte et Père Ragueneau la referma derrière lui.

CHAPITRE 3

Un appel à une autorité supérieure

Les yeux de Charles mirent quelques instants à s'habituer à la noirceur. L'église en bois était simplement décorée, et des bancs étaient placés en rangées devant l'autel. Sur le dessus de l'autel se trouvait un ostensoir en or ainsi qu'un petit contenant en verre dans lequel se trouvait une tranche de pain. Des rayons de métal en or entouraient le contenant en verre. Sur le dessus du contenant trônait une petite croix, et à côté de l'ostensoir se tenait une chandelle. La seule autre source de lumière provenait des quelques fenêtres le long des murs latéraux. Une fenêtre était ouverte, laissant entrer une brise fraîche dans l'église. Charles s'assit sur un banc devant l'autel.

– Bonjour Jésus, dit Charles, mal à l'aise.

Il soupira et attendit – devait-il attendre une réponse? Il n'en était pas certain, mais il décida de continuer à parler.

– Père Ragueneau m'a dit que tu avais pleuré ton ami Lazarus quand il est mort. J'aimerais savoir, Jésus, as-tu aussi pleuré pour le mari de Miteouamigoukoue, Assababich, quand il est mort dans l'attaque?

Charles attendit en silence.

– Père Ragueneau m'a aussi dit que tu avais ressenti de la pitié pour la veuve en deuil de son unique fils. Ressens-tu de la pitié pour ma petite-fille veuve Miteouamigoukoue, dont les deux seuls enfants ont été capturés par les Kanienkehakas?

Charles prit sa tête dans ses mains.

> – Ou ressens-tu de la pitié pour moi, dont la petite-fille
> Kahenta a aussi été enlevée, et qui maintenant doit voir
> son autre petite-fille Miteouamigoukoue vieillir seule,
> le cœur brisé?

Une larme roula sur la joue de Charles. Il se sentait embarrassé
de montrer ses émotions. Aucun homme ne devrait demander
l'aide d'un chef puissant avec la larme à l'œil, et certainement
pas au Créateur lui-même. Charles regarda devant lui et
contempla l'ostensoir sur l'autel.

Je parle trop de mes sentiments, pensa Charles, *je ne suis pas ici pour moi, mais pour Miteouamigoukoue. Je dois clairement demander ce que je veux pour elle.*

Charles regarda vers le haut avec un sens retrouvé de son objectif, et parla clairement, directement vers l'ostensoir.

– Jésus, aie de la compassion pour ma petite-fille Miteouamigoukoue. Ouvre son cœur à l'amour, bénis-les, elle et son mari à venir, et donne-leur du bonheur et plusieurs enfants.

Charles marqua une pause. *Pourquoi Jésus m'écouterait-il? Je dois lui demander de ne pas tenir rigueur à Miteouamigoukoue de mes échecs et de mes faiblesses.*

– Je sais, Jésus, je ne suis pas digne de te demander quoique ce soit. Je n'ai pas toujours respecté tes enseignements. Pire, ma foi n'est pas aussi forte que celle des autres. Mais s'il te plaît, n'en tiens pas rigueur à Miteouamigoukoue, bénis-la et garde-la près de ton cœur.

Charles se rassit et attendit.

– As-tu quelque chose à me dire, Jésus?

Silence. Charles regarda par la fenêtre, le soleil n'était pas encore à son apogée.

– Eh bien, on dirait que j'ai le temps d'attendre.

CHAPITRE 4

Le monde des esprits et une étrange vision

Charles, toujours assis sur le banc d'église, croisa les bras et ferma les yeux. Sa nuit agitée le rattrapa enfin et il s'endormit.

Dès qu'il eut les yeux fermés, Charles se retrouva dans la forêt. Le soleil se couchait, et une forte brise soufflait à travers les arbres sans feuilles. À distance, Charles pouvait voir un lac qui s'étirait loin au sud, au pied d'une montagne à trois sommets.

Au-dessus de lui, les nuages bougeaient rapidement dans le ciel d'un sombre indigo. Les quelques étoiles qui brillaient clignotaient, les couleurs des aurores boréales en toile de fond. Désorienté, Charles regarda autour de lui pour voir s'il reconnaissait les lieux. *J'ai trop dormi et ai manqué mon rendez-vous avec Sehamou! Mais comment suis-je arrivé ici? Où suis-je?*

Charles remarqua soudainement trois jeunes femmes qui se déplaçaient le long d'une route, luttant contre le vent. Charles trouvait qu'elles avaient l'air Françaises, mais leurs vêtements étaient bizarres.

– Bonjour jeunes femmes! Quel village habitez-vous? demanda Charles en français, mais elles ne semblèrent pas l'entendre.

– Chut! dit une voix. Nous ne devons pas les laisser nous voir!

Charles se tourna et vit un ours qui lui parlait en essayant de se cacher derrière un arbre. L'ours était la première chose que Charles reconnut dans cet endroit étrange.

– Je vous connais! Vous êtes cet ours Muin qui vole nos canots et notre nourriture au village. Où est votre ami Azeban le Raton-laveur? demanda Charles, perplexe. Et qui sont les jeunes femmes de qui vous vous cachez?

Charles pointa les trois jeunes femmes qui marchaient sur la route.

> — Leur avez-vous joué un tour aussi?

Muin fit un sourire contrit et haussa les épaules.

> — Cela fait des années qu'Azeban et moi n'avons pas volé de canots. Savez-vous où nous pouvons trouver des canots? C'est vrai que ça nous manque, de les naviguer dans les chutes.

Ayant décidé que Muin déblatérait, Charles se tourna pour regarder les trois jeunes Françaises sur la route, quand l'une d'elles pointa un bâton dans sa direction. L'une de ses compagnes regarda aussi Charles et Muin, et Charles vit qu'il y avait quelque chose de familier chez cette jeune femme qui regardait maintenant dans sa direction.

Miteouamigoukoue? Cette jeune femme me fait penser à elle, pensa Charles. *Mais si ce n'est pas Miteouamigoukoue, qui est-elle? Et pourquoi me semble-t-elle familière? J'ai l'impression que je devrais la connaître. Mais comment?* Il allait les appeler de nouveau quand il entendit une voix féminine derrière lui.

> — Wiskijan! Il ne devrait pas être ici.

Charles se tourna vers la nouvelle voix et vit une renarde le pointant tout en appelant quelqu'un dans le ciel. Charles regarda le ciel et vit la renarde qui parlait et un corbeau qui battait des ailes, créant une forte bourrasque.

Le corbeau remarqua soudainement Charles, puis s'adressa à la renarde.

> — Oh làlà, Wowkwis! Je me souviens de cet homme, c'est le grand-père de Miteouamigoukoue. Je l'ai vu quand il priait pour elle dans une église, mais cela fait plusieurs années.

– C'est grand-père Charles! Mais c'était il y a très longtemps! Comment est-il arrivé ici?

Wowkwis se tourna vers Charles, surprise et inquiète.

Le regard de Wiskijan la Renarde s'éclaira.

– Ses prières doivent avoir été prises par le vent de mes ailes, et il a été soufflé ici.
– Eh bien, si tu arrêtais ton battage incessant, il devrait retourner dans le passé d'où il vient, dit Wowkwis la Renarde.
– Mais c'est tellement incroyable, Wowkwis!

Wiskijan le Corbeau était sur le coup très content de lui.

– Je ne savais pas que je pouvais faire ça, sœurette!

Hmm, pensa Charles, *donc c'est encore une bêtise des animaux farceurs.*

- Wiskijan! Wowkwis! appela Charles dans le vent. Pourquoi m'avez-vous amené dans le monde des esprits? Je n'ai pas le temps pour vos discussions et vos farces! Retournez-moi d'où je viens pour que je puisse sauver Miteouamigoukoue!
- Fais ce qu'il dit, mon frère! dit Wowkwis la Renarde. Renvoie-le chez lui!

Wiskijan regarda Charles, ralentit son battement d'ailes et lança une série de croa dans sa direction. Chaque *croa* devenait plus humain et sonnait de plus en plus comme « Charles! » jusqu'à un clair et fort :

« CHARLES! »

CHAPITRE 5

Charles cherche Pierre Couc

Charles se réveilla en sursaut, et se trouva de retour dans l'église.

– Que vient-il de se passer? Étais-je dans le monde des esprits?

Charles repéra une forme noire qui bougeait à sa gauche. Il se tourna pour regarder et fut surpris de voir Wiskijan assit dans le cadre de la fenêtre ouverte de l'église, le regardant avec perplexité.

– Wiskijan! dit Charles en étudiant le corbeau. Depuis quand es-tu là? As-tu entendu mes prières?

Le corbeau ne faisait que regarder Charles, muet.

– Pourquoi m'as-tu amené dans le monde des esprits? demanda Charles.

Wiskijan pencha la tête d'un côté, perplexe.

– J'ai entendu tes prières, mais je ne t'ai pas emmené dans le monde des esprits. Je ne t'avais jamais vu avant aujourd'hui.

Charles était confus.

– Comment est-ce possible? Je t'ai vu, ainsi que ton frère Muin l'Ours et ta sœur Wowkwis la Renarde. Charles étudia le corbeau. *Les animaux farceurs sont malicieux, mais ils ne mentent jamais*, pensa Charles.
– Wiskijan, peux-tu au moins me dire si tu as vu trois jeunes Françaises? demanda Charles. L'une d'elles ressemblait à ma petite-fille Miteouamigoukoue, tu dois les avoir vues?
– Non, je ne les ai pas vues, répondit Wiskijan. Toi et moi sommes seuls ici dans l'église, et tu...

Wiskijan pointa une aile vers Charles.

– Tu t'es endormi.
– Wiskijan, répondit Charles, au moins, apporte mes prières jusqu'au ciel, loin dans le monde des esprits. Dis au Créateur ce que j'ai sur le cœur et ne le laisse pas oublier mes prières.
– Et qui m'envoie? demanda Wiskijan.
– Dis au Créateur que je suis Charles, un homme qui aime sa petite-fille Miteouamigoukoue.
– Miteouamigoukoue? Bien, peut-être que mes frères, ma sœur et moi garderons un œil sur elle.

Sur ce, Wiskijan s'envola par la fenêtre et continua de grimper plus haut dans le ciel. Charles le regarda partir et se retourna vers l'ostensoir.

> – Je reviendrai, Jésus. Souviens-toi de moi, et si tu oublies, Wiskijan te visitera bientôt et te rappellera mes paroles. À présent, je dois partir et faire ce pour quoi je suis venu.

Sur ce, Charles sortit de l'église et arriva au centre du peuplement français.

> – Pierre Couc! cria Charles, les mains autour de la bouche pour amplifier sa voix. J'ai besoin de voir Pierre Couc, tout de suite!

La voix de Charles et sa présence physique créèrent immédiatement de l'animation dans le peuplement. Hommes, femmes et enfants délaissèrent leur occupation pour voir Charles en se demandant ce qu'il voulait avec Pierre Couc. Certains demandèrent : « Est-ce que Charles veut défier Pierre dans un match de lutte? On sait tous que Charles se cherche toujours un nouveau défi. »

Quelques hommes, toutefois, commençaient à craindre le pire, et pensaient que Charles réunissait un groupe pour défendre le peuplement d'une autre attaque des Mohawks. Antoine Brassard et deux autres hommes armés accoururent vers Charles.

— Est-on sous attaque?

Charles pouvait voir de la peur, et non de l'enthousiasme, dans les yeux d'Antoine.

En entendant le mot « attaque », d'autres villageois se mirent à paniquer. Des mères alarmées rassemblèrent leurs enfants. Marie Madeleine Hertel, qui avait douze ans et qui avait perdu son père dans la dernière attaque, courut se réfugier près de Charles. Charles et Sehamou connaissaient la petite fille, car ils apportaient occasionnellement de la nourriture à sa mère veuve. Charles mit la main sur l'épaule de la petite fille.

> — Madeleine, il n'y a rien à craindre, rentre chez toi auprès de ta mère.

La petite fille lança un regard empreint de confiance à Charles et lui fit un câlin.

> — Charles, je pense encore à mon père, et je ne veux pas perdre ma mère aussi.
> — Vous êtes toutes deux en sécurité, dit Charles, rassurant. Va à la maison, ma petite, et dis à ta mère que Sehamou et moi vous visiterons bientôt.

Tandis que Madeleine s'éloignait, Charles regarda les colons français. *Cela fait presque cinq étés depuis l'attaque, et ils sont encore apeurés. Ils ont besoin d'espoir, tout comme les Weskarinis.*

> — Tout le monde, écoutez-moi!

Charles leva la main pour avoir l'attention de tous.

> — Nous ne sommes pas attaqués. Il s'agit d'une affaire personnelle entre Pierre Couc et moi.

Si les paroles de Charles soulagèrent les colons, elles attisèrent leur curiosité, et les gens restèrent au centre du village pour être témoins de la suite.

> — Maintenant, qui sait où se trouve Pierre Couc? demanda Charles en scannant la foule rassemblée.
> — Je suis juste ici, Charles, répondit un bel homme d'environ trente ans qui s'avançait pour le saluer.
> — Bien. Marche avec moi, répondit Charles

– Je ne comprends pas, Charles, de quoi s'agit-il?

Pierre avait de la difficulté à suivre les puissantes enjambées de Charles en se dirigeant vers la partie algonquienne du peuplement.

– Tu comprendras quand tu auras besoin de comprendre, répondit Charles en jetant un coup d'œil au jeune homme avec un demi-sourire. Mais la première chose que tu dois savoir, Pierre, c'est que tu m'as appelé Charles pour la dernière fois. Désormais, j'aimerais que tu penses à moi comme à un grand-père, et que tu m'appelles Grand-père, et non Charles. Compris, Petit-fils?

– Non, Char—.

Il se reprit.

– Je veux dire, oui, *Grand-père*.

Pierre ne comprenait pas pourquoi Charles voulait qu'il l'appelle « grand-père », mais il se gardait bien de le contredire.

– Grand-père?
– Oui, Petit-fils?
– Beaucoup de gens nous suivent.

Charles regarda la foule grandissante de curieux qui les suivaient depuis le peuplement français.

– C'est pour le mieux, Petit-fils. En un sens, ça les concerne aussi, c'est donc bien qu'ils viennent avec nous.

– Où va-t-on, Grand-père?

Pierre avait vécu à Trois-Rivières assez longtemps pour savoir clairement où ils se dirigeaient, mais il espérait que sa question mènerait Grand-père Charles à s'expliquer.

– Je suis sûr que tu peux voir où nous allons.

Charles regarda Pierre.

– Parfois, le silence est précieux, Petit-fils. C'est l'un de ces moments propices à la réflexion silencieuse, et non pour les bavardages inutiles et les questions.

CHAPITRE 6

Charles, le lutteur des cœurs

Pendant environ vingt minutes, Charles et Pierre marchèrent en silence, suivis par une foule curieuse de colons français qui parlaient entre eux et se demandaient ce que tout cela signifiait. Enfin, ils arrivèrent au centre du village Weskarini pour trouver Miteouamigoukoue et sa grand-mère Sehamou, entourées de plusieurs Weskarinis. Charles sourit à Sehamou en sondant la foule de Weskarinis réunie autour d'eux.

— Je vois, ma chère, que tu as compris exactement ce qu'il fallait faire, comme toujours.

Sehamou rit et serra brièvement la main de Charles.

— Tu es un homme sage, Charles, parce que tu écoutes ta femme encore plus sage.

Le visage de Pierre s'éclaira d'un sourire lorsqu'il vit Miteouamigoukoue.

— Miteouamigoukoue!
— Pierre!

La réaction des deux jeunes en se voyant fut remarquée par Sehamou.

— Je vois pour qui ton cœur bat, Miteouamigoukoue, dit Sehamou en souriant d'un air entendu à sa petite-fille.
— Vous voulez dire Pierre, Grand-mère?

Miteouamigoukoue rougit en lui jetant un coup d'œil.

> – Bien sûr, j'aime bien Pierre, Grand-mère, comme tout le monde, non?

Comme en réponse à la question de Miteouamigoukoue, Pierre se fit encercler par les enfants Weskarinis, qui se jetaient sur lui comme sur un oncle bien-aimé en visite. Grand-père Charles ne manqua pas de le remarquer, et bien qu'il ne souhaitât pas décevoir les enfants, il avait besoin qu'ils se tiennent tranquilles et restent attentifs.

> – Les enfants!

Grand-père Charles leva les mains pour attirer leur attention.

> – Aujourd'hui est un jour important pour Pierre, et je suis heureux que vous soyez là pour le partager avec lui.

Les enfants se calmèrent et portèrent attention à Charles.

> – Tenez-vous là, regardez et écoutez.

Les enfants se déplacèrent d'un côté, sans toutefois quitter Pierre des yeux.

— Grand-père, que se passe-t-il? demanda Miteouamigoukoue.

Charles sourit à sa petite-fille, mais ignora sa question. Il se tourna plutôt vers Sehamou.

— Alors, ma chère, tu as amené notre petite-fille comme je l'ai demandé. Le pique-nique est-il prêt aussi?

Sehamou opina et pointa un groupe de femmes occupées à ficeler un grand panier bien rempli.

— Oui, les femmes sont en train de préparer quelque chose.
— Parfait, dit Grand-père Charles. Alors nous pouvons commencer.

Charles leva les mains dans les airs et circula à travers la foule pour attirer l'attention de tous.

— Bonnes gens, Français et Weskarinis!

La foule se fit silencieuse en réponse à la voix porteuse de Charles.

– Je suis ravi que vous soyez ici aujourd'hui. Je vous demande de regarder et d'écouter attentivement.

Charles tendit les mains de chaque côté de son corps.

– Miteouamigoukoue, Pierre Couc, mes enfants, venez près de moi et prenez ma main.

Intimidés d'être désormais le centre de l'attention, Pierre et Miteouamigoukoue s'avancèrent vers Charles et placèrent chacun une main dans la poigne ferme, mais aimante, de Charles.

– Mes enfants, commença Charles, votre grand-mère et moi, et toutes les personnes ici, avons partagé votre peine ces cinq dernières années.

Miteouamigoukoue laissa échapper un soupir, mais Charles continua.

– La peine a sa place et son temps, mais aujourd'hui...

Il regarda les Français et les Weskarinis qui les entouraient.

– Nous sommes fatigués de vivre dans la peur, et dans la tristesse.

Voyant Miteouamigoukoue essuyer une larme de sa main libre, Charles se tourna vers elle avec un sourire rassurant.

– Mais aujourd'hui, la tristesse a fait son temps.

Miteouamigoukoue retourna le sourire de son grand-père et opina doucement de la tête.

– Tout ira bien, ma petite-fille, chuchota Charles pour que seule Miteouamigoukoue puisse l'entendre.
– Pierre!

Charles s'était tourné vers Pierre Couc.

– Pierre, mon petit-fils. Je connais ton cœur. Je vois ta gentillesse et ta tendresse pour Miteouamigoukoue. Je sais que tu l'aimes. C'est vrai, oui?

Pierre regarda ses pieds un moment avant de lever la tête vers Miteouamigoukoue.

– Oui, Grand-père, c'est vrai, j'aime Miteouamigoukoue!

Pierre, soulagé d'être finalement libre de dire ce qu'il cachait dans son cœur depuis longtemps, avait parlé assez fort pour que tous l'entendent.

– Bien dit, mon petit-fils, approuva Charles à voix basse.
– Et maintenant, Miteouamigoukoue, ma petite-fille. Ta grand-mère et moi savons ce qui se cache dans ton cœur aussi. Nous voyons comment les braises de l'amour sont ravivées dès que Pierre est dans les parages, et combien elles sont diminuées en son absence. Tu aimes Pierre, oui?

Miteouamigoukoue jeta un coup d'œil rapide à sa grand-mère avant de se tourner pour regarder Pierre directement.

– Oui, c'est vrai, j'aime Pierre, je l'aime beaucoup.
– En entendant cela, tout le monde applaudit joyeusement tandis que Charles chuchotait à Miteouamigoukoue : « Tu as bien parlé, ma petite-fille. »

Charles leva les mains pour calmer la foule.

– Mais ce n'est pas tout, mes enfants. Il y a plus que de l'amour ici, et votre grand-mère et moi pouvons voir la profonde attirance entre vous deux.

Charles regarda Pierre, puis Miteouamigoukoue.

– Oui, une attirance naturelle et saine entre un homme et une femme. Mes chers Pierre et Miteouamigoukoue, cet amour que vous avez l'un pour l'autre et l'attirance naturelle entre vous, c'est un cadeau du Créateur.

Charles regarda sa femme et sourit. Puis, il tourna son attention vers Pierre et Miteouamigoukoue et continua.

– Maintenant, mes enfants, je vous enjoins à être généreux avec ce cadeau, pas seulement l'un envers l'autre, mais de permettre au don de l'amour et de l'attirance de vous donner naturellement des enfants. Oui, des enfants, qui apporteront de la joie et du bonheur, pas seulement à vous, mais à tout le monde, pour les Français et les Weskarinis.

Pierre s'exclama soudain : « Mais je ne sais pas si je suis prêt à pourvoir aux besoins d'une famille. »

Miteouamigoukoue regarda son grand-père avec incertitude.

> – Grand-Père, j'ai déjà perdu deux enfants. Je ne sais pas si je peux vivre cela de nouveau.

Un murmure d'inquiétude et de déception commença à se faire entendre dans la foule. Charles, en bon lutteur, était habitué à anticiper les mouvements de son opposant, et était prêt à y répondre.

– Pierre.

Charles plaça une main sur l'épaule de Pierre et désigna le groupe d'enfants Weskarinis qui l'avaient assailli plus tôt.

– Nous avons tous vu comment les enfants t'ont chaleureusement accueilli à ton arrivée au village. Je l'ai vu avec les enfants français aussi.

Charles planta son regard dans celui de Pierre et sourit.

– Et pourquoi cela? C'est parce que tu écoutes les enfants, tu joues avec eux, tu les acceptes, tu leur enseignes, et tu les aimes.

Charles se tourna vers la foule et continua.

– Pierre, tout le monde ici sait que tu es prêt à être père, et que tu seras excellent.

– Je sais que vous avez raison, Grand-père, dit Pierre en regardant les enfants.

Charles aperçut son regard et fit un geste vers les enfants Weskarinis. Un petit garçon se détacha du groupe et courut pour s'enrouler autour des jambes de Pierrc. Ce dernier lui ébouriffa gentiment les cheveux et lui sourit. Satisfait d'avoir répondu aux objections de Pierre, Charles se tourna ensuite vers Miteouamigoukoue.

— Ma petite-fille, toutes les mères ici au village comptent sur toi pour les aider avec leurs enfants. Et pourquoi se sentent-elles à l'aise de le faire?

Charles pouvait voir certaines des jeunes mères dans la foule acquiescer.

— C'est parce qu'elles te font confiance, et elles savent que tu ne prendras pas seulement bien soin de leurs enfants, mais aussi, par-dessus tout, que tu les protégerais avec ta vie.

Charles prit les deux mains de sa petite-fille dans les siennes, mais avant qu'il puisse en dire plus, Miteouamigoukoue se jeta dans ses bras et le serra fort.

– Mes enfants me manquent tellement, Grand-père, chuchota-t-elle.

Charles lui retourna son câlin et répondit : « Je sais, ma chérie. Mais tu as tant à donner, Miteouamigoukoue, ce serait la chose la plus magnifique à voir pour mes vieux yeux de te voir embrasser le front de ton enfant le soir, dans ta propre maison.

CHAPITRE 7

Une marche vers l'étang d'Oncle Mikcheech

Charles savait qu'il restait une dernière étape importante à franchir, et qu'elle devait être faite devant tout le monde.

– Pierre, Miteouamigoukoue, faites-vous face et tenez-vous les mains.

Charles se tint devant eux, pencha la tête et pria dans sa tête :

Jésus, je sais que ma petite-fille ne consentira pas à vivre avec Pierre sans un mariage à l'église. Je sais aussi que Père Ragueneau ne les mariera pas sans que Pierre et Miteouamigoukoue expriment à tous leur souhait de se marier. J'espère que tu as entendu ma prière, pas dans mon intérêt, mais le leur. Ouvre leur cœur pour qu'ils disent oui.

Charles leva la tête et prit la parole à voix haute pour que toutes les personnes réunies, Français et Weskarinis, sachent ce qui était en jeu :

– Pierre, Miteouamigoukoue, acceptez-vous, devant toutes les personnes ici présentes, de déclarer votre intention de vous marier et de vivre honorablement comme mari et femme après votre mariage? Consentez-vous tous deux à cela librement?

Pierre et Miteouamigoukoue se regardèrent un instant avant de s'exclamer à l'unisson « Oui! »

Toute la foule explosa immédiatement de joie. Charles baissa la tête et murmura : *Merci, Jésus, et merci, Wiskijan, pour lui avoir transmis mes prières.*

Charles releva la tête, sourit et annonça à tout le monde :

– Pierre et Miteouamigoukoue, vous êtes désormais fiancés l'un à l'autre et le mois prochain, nous tous, Français et Weskarinis, célébrerons leur mariage ensemble.

Pierre serra Miteouamigoukoue dans ses bras.

– Grâce à toi, Miteouamigoukoue, il y a maintenant de la lumière dans ma vie.

Miteouamigoukoue sourit à Pierre.

– Et Pierre, avec toi, il y a désormais un feu qui réchauffe mon cœur.

Sehamou et deux autres femmes transportant des paquets s'approchèrent de Charles, Pierre et Miteouamigoukoue.

– Charles, je pense que ces jeunes gens sont prêts à passer un peu de temps en tête à tête.
– Ah, Miteouamigoukoue, regarde ce que ta grand-mère et ses amies ont préparé pour toi et Pierre afin que vous puissiez célébrer vos fiançailles.
– Oui! dit Sehamou. Dans ce paquet, nous avons rassemblé un délicieux festin pour vous deux.

Elle tendit le paquet à Miteouamigoukoue.

— Et voici quelques couvertures chaudes. Nous les avons collectées dans tout le village pour vous, ainsi vous pourrez vous asseoir par terre et déguster un repas ensemble.

Elle tendit les couvertures à Pierre.

Pendant que le couple enlacé s'embrassait, Sehamou étreignit son mari épuisé, mais heureux.

— Charles, tu as réussi!
— Non, ma chère, nous avons réussi ensemble.

Charles et Sehamou regardèrent Pierre et Miteouamigoukoue s'approcher avec leurs paquets.

— Où devrions-nous aller pique-niquer, Grand-père? demanda Pierre.

Charles regarda Miteouamigoukoue.

— Ma petite-fille, pourquoi ne pas aller vers cet étang que tu aimes bien? C'est ton endroit favori depuis que tu es toute petite.
— Vous voulez dire celui avec la tortue grincheuse, Grand-père?

– Oui, Oncle Mikcheech la Tortue! Je pense qu'il t'aime
bien, Petite-fille, même si tu semblais toujours y semer
la pagaille.

– Qui est Oncle Mikcheech? demanda Pierre.

– Je te raconterai en chemin, répondit Miteouamigoukoue.

Le couple commença à marcher en direction de l'étang,
transportant leur paquet de nourriture et les couvertures.

Miteouamigoukoue commença à raconter l'histoire.

– Enfant, j'adorais visiter cet étang et y lancer des roches,
planter un bâton partout, regarder sous les bûches et
laisser mes empreintes de pied dans la boue le long du
rivage. Il s'avère que l'étang appartenait à une vieille
tortue grincheuse du nom d'Oncle Mikcheech.

Miteouamigoukoue rit en se remémorant ces souvenirs.

– Qu'est-il arrivé ensuite? demanda Pierre.

– Eh bien, la tortue était si fâchée de mon gâchis qu'elle s'est rendue au village pour défier mon Grand-père dans un match de lutte, continua Miteouamigoukoue.

– Ça a dû être un match court, Miteouamigoukoue. Grand-père Charles est beaucoup plus imposant qu'une petite tortue, dit Pierre.

– Tu serais surpris, Pierre, de ce qui est arrivé ensuite...

Charles pouvait voir Miteouamigoukoue continuer de gesticuler pendant qu'elle racontait l'histoire du fameux match de lutte entre lui et le vieil Oncle Mikcheech, mais il ne pouvait plus entendre ce qu'elle disait. Peu importe, se dit Charles. *Je connais l'histoire assez bien.* Charles sourit à ce souvenir, puis, serrant la main de sa femme, il prit la direction de la maison.

ÉPILOGUE

Une aventure pour Charles et Sehamou

L e lendemain matin, Charles se fit réveiller par les rayons du soleil matinal qui passaient à travers la porte, inondant sa maison longue. Étendu dans son lit, il tapota l'autre côté du lit et se rendit compte avec surprise que sa femme était déjà levée. Charles s'assit au moment où Sehamou revenait à l'intérieur.

— Alors, mon grand ours s'est enfin réveillé de sa sieste hivernale.

Les yeux de Sehamou scintillaient de joie et de contentement.

— As-tu faim? Ton déjeuner est dehors, sur le feu.
— Tu ne devrais pas me taquiner ainsi, ma chère, c'était le sommeil le plus profond et satisfaisant que j'aie eu depuis longtemps. Encore mieux, mes rêves ne m'ont pas transporté dans le monde des esprits où les animaux farceurs jouent des tours.
— Tu as eu un rêve du monde des esprits, Charles?

Sehamou devint curieuse et inquiète.

- Dis-moi, dit-elle en s'assoyant sur le lit.
- Je te dirai plus tard, c'est arrivé hier pendant que je faisais la sieste dans l'église.

Charles étudia sa femme un moment, puis sourit en se remémorant les événements de la veille.

- Mais j'aimerais mieux parler de notre petite-fille!
- Oh oui, dit Sehamou. Miteouamigoukoue était tellement heureuse quand elle est rentrée hier soir.
- Oui, elle n'arrêtait pas de parler de Pierre. Je pense que c'était bien qu'ils passent du temps ensemble à l'étang d'Oncle Mikcheech, dit Charles.

Il fixa son regard au loin quelques instants avant de se pencher pour prendre doucement la main de Sehamou.

- Nous devrions aussi passer du temps ensemble, Sehamou. Allons marcher dans la forêt dès ce matin.
- Oh, partons-nous à l'aventure? demanda Sehamou. Nous pourrions marcher sur le grand fleuve ou peut-être jusqu'à cet endroit où nous pouvons admirer les montagnes au loin.

Sehamou parcourut la maison longue du regard.

- Je devrais nous faire un lunch aussi, un gros lunch pour une longue marche avec mon grand ours. Qu'en penses-tu, Charles?
- Charles inhala son bonheur comme une brise printanière parfumée. *Même après toutes ces années ensemble, pas un jour ne passe sans que je ne retombe amoureux de cette femme*, pensa Charles en rêvant éveillé de sa vie avec Sehamou.
- Charles? Es-tu encore perdu dans le monde des esprits?

Charles vit que sa femme le regardait avec expectative.

– Nous pouvons partir quand tu veux ma chère, toutefois, cette randonnée doit comprendre une autre visite aux Français.

– Encore les Français? demanda Sehamou en prétendant l'indignation. Cherches-tu à t'impliquer dans les affaires de cœur d'autres jeunes amoureux chez les Français, Charles?

– Oh non, je préférerais lutter contre un village entier de Géants des neiges, que de m'interposer entre deux jeunes amoureux de nouveau, rit Charles.

– Alors, pourquoi aller chez les Français, mon cher?

– Pourquoi? Tu devrais le savoir, Sehamou. Nous devons voir Père Ragueneau.

Les yeux de Charles scintillèrent de gaîté et d'excitation.

– Nous avons un mariage à organiser!

L'ARBRE DE L'ANCIENNE GRAND-MÈRE

16 avril 1657

Trois-Rivières, Nouvelle-France (Canada)

Et voici ce qu'ils nous ont raconté...

C'est jour de festin et de célébration. Aujourd'hui, une jeune veuve de la Première Nation Weskarini du peuple algonquin, née Miteouamigoukoue, mais baptisée Marie Madeleine, épouse le soldat et interprète français Pierre Couc.

Comme cadeau de mariage, Pierre offre à sa femme un châle gris importé de France, tandis que Marie Madeleine Miteouamigoukoue donne à son nouveau mari un chevreuil en bois qu'elle a sculpté en l'honneur de leur union.

Deux familles et deux cultures célèbrent ensemble jusque tard dans la nuit : on festoie, on raconte des récits, on danse et on dispute des joutes athlétiques.

Charles, le grand-père de Miteouamigoukoue défie son nouveau petit-fils par alliance dans une partie de lutte amicale, au grand plaisir des invités. Grand-père Charles remporte rapidement la partie contre Pierre, malgré son âge avancé.

Une personne dans la foule : J'ai entendu que Charles était le meilleur lutteur du village.

Une autre personne : Pierre aura toute une surprise, Charles est fort pour son âge.

Miteouamigoukoue : Ne le malmène pas trop, Grand-père, je pourrais avoir besoin de mon mari plus tard!

La foule rit.

La partie de lutte se termine par la défaite de Pierre et une chaleureuse embrassade de Grand-père Charles.

Grand-père Charles : Bienvenue dans notre famille, petit-fils!

Pierre : Merci, Grand-père. Miteouamigoukoue est-elle aussi bonne lutteuse que vous? *(rires)* J'espère bien que non!

La foule rit et applaudit.

Grand-père Charles : *(en chuchotant à Pierre)* Je sais que tu aimeras ma petite-fille de tout ton cœur. Prends bien soin d'elle, prenez bien soin l'un de l'autre en tant que mari et femme.

Pierre : *(en chuchotant à Grand-père Charles)* Je vais l'aimer toujours, Grand-père.

Les célébrations nuptiales continuent dans le village bien après le départ de Pierre et Miteouamigoukoue pour leur première nuit sous les étoiles comme mari et femme.

Pierre : Regarde les étoiles, Miteouamigoukoue! Il y en a tant par une nuit aussi claire que celle-ci.

Miteouamigoukoue : Enfant, je sortais souvent en douce pendant que ma famille dormait pour regarder les étoiles. J'essayais de les compter, mais je n'y arrivais jamais. Il y en a peut-être trop pour qu'un simple être humain puisse les compter.

Pierre : Ma grand-mèrc disait que ce sont des trous d'épingles qui percent le dôme du ciel afin que la lumière du paradis puisse briller à travers.

Miteouamigoukoue : C'est bien ce qu'une sage grand-mère dirait!

Miteouamigoukoue : Quand j'étais enfant, Grand-père Charles me disait que les étoiles étaient les feux de camp de tous les gens qui étaient morts. Ils veillent sur leur famille terrestre depuis le ciel.

Pierre et Miteouamigoukoue regardant les étoiles silencieusement quelques instants.

Pierre : Je me demande si Assababich veille sur nous depuis un de ces feux de camp. Il était comme un frère pour moi.

Miteouamigoukoue : Mon pauvre Assababich... Sa mort remonte à cinq étés maintenant.

Pierre : Je repense souvent à comment il m'a sauvé la vie, la nuit de sa mort. Parfois, quand je suis réveillé la nuit, j'ai peur de ne pas être capable de vivre ma vie d'une façon digne de son sacrifice... Il me manque beaucoup.

Miteouamigoukoue : Pierre, tu es un homme bon, et tu rends honneur au sacrifice d'Assababich en menant ta vie comme tu le fais.

Pierre et Miteouamigoukoue regardent de nouveau les étoiles.

Miteouamigoukoue : Penses-tu vraiment que les étoiles sont des feux de camp, Pierre? Et que nos ancêtres veillent sur nous depuis le firmament?

Pierre : Je ne sais pas, peut-être que les étoiles sont d'autres soleils, comme celui dans le ciel. Il pourrait même y avoir d'autres gens dessus, qui nous regardent de là.

Pierre se tourne vers Miteouamigoukoue.

Pierre : Mais, que les étoiles soient des trous d'épingles ou des feux de camp, je les aime mieux quand je vois leur lumière se refléter dans tes yeux, mon amour.

LES ANCIENS ANIMAUX FARCEURS DE LA FORÊT
Azeban
Muin
Wiskijan
Wowkwis
Mikcheech
Puku'kowij

Près de là, cette même nuit, les anciens animaux farceurs de la forêt se réunissent pour admirer les étoiles.

Muin l'Ours : Les feux de camp du ciel brillent particulièrement fort cette nuit.

Mikcheech la Tortue : En tant que le plus ancien ici, j'ai vu de nombreuses nuits, et celle-ci a quelque chose de différent, mais familier. Maintenant que j'y pense, j'ai vu des nuits comme celle-ci auparavant. La dernière fois, selon mes souvenirs—

Azeban le Raton laveur : Regardez tout le monde! Je vois un chemin descendre d'un des feux de camp dans le ciel nocturne.

Puku'kowij l'Orignal : Est-ce que ça veut dire que nous avons un visiteur? Je suis le plus jeune, alors je n'ai pas vu autant de nuits que vous, Oncle Mikcheech.

Mikcheech la Tortue : Oui, ça doit être ça! Je m'en souviens maintenant! Nous avons de la visite qui nous vient d'un des feux de camp dans le ciel.

Wiskijan le Corbeau : Très peu de gens du ciel reviennent visiter la Terre. Il faut beaucoup de prières pour créer une telle magie.

Wowkwis la Renarde : Alors, nous devons nous préparer à le recevoir!

Wiskijan le Corbeau : Notre père à nous tous aurait voulu être là pour accueillir le visiteur du ciel.

Wowkwis la Renarde : Oui, Wiskijan, j'aurais aussi aimé que notre père puisse être là pour accueillir notre visiteur, mais il est encore dans le nord pour s'entretenir avec ses frères et sœurs qui vivent dans le pays de la neige et de la glace.

Mickcheech la Tortue : Tu as raison, Nièce Wowkwis, il aurait été bien que mon frère soit là, mais il sera de retour dans quelques lunes.

Muin l'Ours : Regardez, quelqu'un d'autre s'en vient par ici aussi.

Azeban le Raton laveur : Cette belle jeune fille? Qui est-elle? Je pense qu'elle doit venir du village auquel nous jouons des tours, Muin.

Muin l'Ours : Bien sûr! Elle doit venir de là. Il est vrai que nous avons beaucoup de plaisir à jouer des tours aux habitants de ce village, Azeban! Te souviens-tu du canot que nous avons volé il y a quelques semaines? Nous sommes encore recherchés!

Puku'kowij l'Orignal : Peu importe qui elle est, je vois un cœur blessé qui a besoin de médecine.

Mikcheech la Tortue : Je la reconnais, Neveu Puku'kowij! Cette fille visite parfois mon étang. Elle s'appelle Miteouamigoukoue.

Puku'kowij l'Orignal : Ah, merci de nous en informer, Oncle Mikcheech.

Muin l'Ours : Elle est beaucoup plus que la fille qui visite votre étang, Oncle Mikcheech. Je vois sa destinée maintenant : elle est la racine d'un arbre qui atteindra le ciel, elle sera la mère de beaucoup. Pour cette raison, je pense l'appeler… « Ancienne Grand-mère ».

Mikcheech la Tortue : Mes yeux doivent s'être fatigués avec l'âge, Neveu Muin, mais tout ce que je vois est une jeune fille qui laisse des empreintes de pieds sales tout autour de mon bel étang! C'est une enfant espiègle, pas une ancienne grand-mère!

Muin éclate de rire à son tour.

Muin l'Ours : Mon père m'a donné un don précieux, une façon d'apercevoir les chemins cachés, Oncle Mikcheech.

Miteouamigoukoue s'aventure dans la clairière où les anciens animaux farceurs sont réunis.

Miteouamigoukoue : Regardez-moi ça tout ce beau monde! Attendez-vous quelqu'un? Ou aimez-vous sortir en douce la nuit et compter les étoiles comme moi?

Azeban le Raton laveur : Salut, Miteouamigoukoue! Nous avons un visiteur provenant des feux de camp du ciel nocturne.

Miteouamigoukoue : Je regarde les étoiles depuis que je suis enfant, et je n'ai jamais vu un tel ciel auparavant. Êtes-vous en train de dire que quelqu'un descend du ciel?

Wiskijan le Corbeau : Tu le connais, Miteouamigoukoue, je l'ai vu veiller sur toi avec attention et inquiétude lorsque j'ai volé haut parmi les étoiles.

Miteouamigoukoue : Cela signifie que quelqu'un vient me voir, et que je le connais?

Wowkwis la Renarde : Sois patiente et calme, Miteouamigoukoue, et tu pourras entendre ses paroles.

Puku'kowij l'Orignal : Regardez, il arrive!

Mikcheech la Tortue : Bienvenue chez nous, honoró invité qui nous vient des feux de camp du ciel nocturne!

Miteouamigoukoue : Assababich! Comment vas-tu? Tu m'as manqué!

Assababich : Ah, ma très chère! Comment aurais-je pu manquer tout ce festin, ces danses et ces contes de ta célébration de mariage? Je voulais partager ton bonheur!

Miteouamigoukoue : Il est vrai que je me suis remariée, Assababich. Mon nouvel époux est Pierre Couc.

Assababich : Oui! Je suis si heureux de savoir que tu ne seras pas seule. C'est un homme bon, et il t'aime beaucoup. Une vie avec Pierre est ce que j'aurais souhaité de tout mon cœur pour toi, maintenant que je ne suis plus là.

Miteouamigoukoue : Il a toujours été si gentil et tendre après ta mort. Et je l'aime beaucoup.

Assababich : Pourtant, pendant une journée qui aurait dû être remplie de joie, je vois un peu de tristesse dans ton cœur, comme un caillou coincé dans un mocassin quand tu marches.

Miteouamigoukoue : Parfois, je pense encore à cette terrible nuit où tu es mort, et je me demande où sont nos deux enfants. J'entends leurs pleurs tandis qu'on les emmenait.

Assababich : Oh non, ma chère! Une femme ne doit pas verser des larmes de tristesse durant sa nuit de noces! C'est inadmissible. Miteouamigoukoue, un être humain ne peut avoir un pied dans un chemin, et l'autre dans un autre chemin. Tu ne réussiras qu'à tomber tête première! Un être humain ne peut pas marcher sur un chemin à reculons... Tu fonceras dans un arbre! Tu vois, le rire est préférable aux larmes!

Mikcheech la Tortue : Assababich est sage. Écoute ses mots, mon enfant.

Assababich : Maintenant, prends la main de ton mari Pierre, et marchez ensemble, dans la joie et l'allégresse. Ayez de magnifiques et aimables filles, comme leur mère! Ayez de forts et braves garçons, qui feront la fierté de leur père. Tu es sur un nouveau chemin, Miteouamigoukoue. Accueille-le.

Miteouamigoukoue : Vais-je te revoir un jour?

Assababich : Pas dans cette vie, comme il se doit. Mais je vais laisser un cadeau de mariage pour Pierre et toi avant de partir. Adieu, ma très chère!

Miteouamigoukoue : Merci pour ta gentillesse, Assababich. Je vais tenter de suivre tes conseils.

Wiskijan le Corbeau : Ne crains rien, Miteouamigoukoue, Assababich continuera à veiller sur Pierre et toi depuis les feux de camp dans le ciel.

Azeban le Raton laveur : Et nous nous reverrons également, Miteouamigoukoue.

Puku'kowij l'Orignal : Pars en paix, jeune Miteouamigoukoue.

Wowkwis la Renarde : Souviens-toi qu'un cœur silencieux et calme peut contenir plus d'amour qu'un cœur tourmenté, ma fille.

Muin l'Ours : Retourne te coucher, révérée et honorée Ancienne Grand-mère.

Miteouamigoukoue se réveille juste avant le lever du soleil. Elle ne se rappelle pas comment elle est revenue au campement.

Miteouamigoukoue : Époux! Pierre! Réveille-toi!

Pierre : Qu'est-ce qu'il y a?

Miteouamigoukoue : J'ai rêvé au monde des esprits.

Pierre : Un rêve? Quel genre de rêve? Mais… Miteouamigoukoue! Regarde le châle que je t'ai offert! Il n'est plus gris!

Miteouamigoukouc : Tu as raison Pierre! Je peux voir les couleurs des lueurs dans le ciel nocturne! Ce doit être le cadeau de mariage d'Assababich!

Pierre : Assababich? Comment pourrait-il nous avoir donné un cadeau de mariage?

Miteouamigoukoue : Oui, Pierre! J'ai vu Assababich dans mon rêve. Il ne voulait pas que nous ressassions le passé, mais que nous construisions quelque chose de beau et de nouveau avec nos vies. Il a dit que nous aurons des fils forts et courageux, et des filles aimables et magnifiques. C'est le cadeau de mariage d'Assababich, et ce châle sera toujours le symbole de ce cadeau fait à notre famille.

Pierre : Tu as vu Assababich dans ton rêve? Mais ce châle n'est pas un rêve. Il est réel et a changé de couleur. Comment Assababich nous a-t-il fait ce cadeau? Est-ce qu'il est arrivé autre chose dans ton rêve?

Miteouamigoukoue : Oh… un étrange ours-esprit dans le rêve m'a appelé « Ancienne Grand-mère ». (rires)

Pierre : (en riant) « Ancienne Grand-mère »? J'aime bien!

À mesure que les années passaient, Pierre et Miteouamigoukoue honoraient le cadeau d'Assababich en se bâtissant une nouvelle vie et en mettant au monde leurs enfants. Aujourd'hui, Pierre et Miteouamigoukoue, ainsi que leur marmaille, célèbrent leurs vingt ans ensemble durant un pique-nique en famille.

Miteouamigoukoue : Tu te rappelles le rêve que j'ai fait durant notre nuit de noces, Pierre?

Pierre : Je me rappelle comment tu m'as réveillé d'un sommeil profond! *(rires)* Mais je me rappelle aussi qu'Assababich a dit que nous aurions de magnifiques et aimables filles, et nous en avons trois, qui ressemblent en tous points à leur mère!

Miteouamigoukoue : Et deux forts et braves garçons, dont tout père serait fier!

Pierre : Notre foyer, nos enfants, notre amour – j'espère que nous avons bâti la vie qu'Assababich voulait pour nous.

Miteouamigoukoue : Et le châle. Les couleurs sont restées vives, même après toutes ces années.

Pierre : Peut-être que tu pourrais le donner à une de nos filles.

Miteouamigoukoue : *(en riant)* Je ne suis pas pressée de donner ce châle, Pierre, mais peut-être que je pourrai le léguer à une de nos petites-filles.

Soudainement, Muin et Azeban font irruption au pique-nique de la famille Couc.

Miteouamigoukoue : Regarde, Pierre, c'est encore cet étrange ours-esprit Muin et son ami raton laveur! Ils sont en train de voler ma tarte!

Azeban le Raton laveur : Nous leur avons encore joué un tour, Muin!

Muin l'Ours : Les délicieuses tartes d'Ancienne Grand-mère rendent la farce encore plus amusante!

Azeban le Raton laveur : Demain, retournons au village pour voler un canot et descendre la rivière, ou même voguer au-dessus d'une chute!

Muin l'Ours : Plus de farces, plus de plaisir!

Azeban le Raton laveur : Les villageois parleront de nous pendant de nombreuses années grâce à nos farces!

Delia + Elphage + Isala + Luyola + Adrien + Flora + Arthur
~1902

Nous sommes au printemps 1902 et comme l'avait prédit Muin l'Ours, l'arbre d'Ancienne Grand-mère avait fleuri et s'était disséminé dans le ciel. Une branche de cet arbre, Delia Meunier (née Gingras), vivait sur une ferme dans un village des Cantons de l'Est appelé Saint-Honoré, au Québec, avec son mari Elphage et leurs enfants, Isala, Loyola, Adrien, Flora et bébé Arthur.

Loyola : Maman, Papa! Regardez les aurores boréales! Ne sont-elles pas magnifiques?

Elphage : Oui, Loyola, nous avons de la chance d'en voir. Ça n'arrive pas souvent, surtout quand on vit aussi au sud.

Adrien : À l'école, l'enseignante dit qu'elles sont causées par les éruptions solaires qui entrent en contact avec le champ magnétique de la Terre.

Flora : Je pense que ce sont des anges qui peignent dans le ciel avec un gros, un très gros pinceau.

Loyola : Qu'en pensez-vous, Papa?

Elphage : Je pense qu'Adrien et Flora ont tous deux raison!

Isala : Maman, avez-vous remarqué que votre châle est de la même couleur que les aurores boréales?

Madame Meunier : C'est le cas, n'est-ce pas? C'est incroyable à quel point les couleurs sont encore vives même si ça fait longtemps qu'il est dans la famille.

Flora : C'est très beau, Maman!

Isala : Qui vous l'a donné, Maman?

Madame Meunier : Ma mère m'a donné le châle comme sa mère le lui avait donné lorsqu'elle s'est mariée. Je l'avais toujours admiré quand j'étais petite et j'étais heureuse de le recevoir lorsque j'ai marié votre père.

Elphage : Delia, le jour de notre mariage, ta mère m'a dit que le châle était un cadeau de mariage traditionnel dans la famille depuis des générations.

Marie-Madeline Miteouamigoukoue
Marguerite Francoise Menard
Jean Baptiste Gaboureau
Marguerite Charron
Adelaide Charron
Delia Meunier
Isola Meunier

Madame Meunier : C'est vrai, Elphage. Ma grand-mère Marguerite m'a dit que c'était son grand-père, Jean-Baptiste Gaboureau, qui lui avait donné le châle en guise de cadeau de mariage.

Loyola : Donc, ce n'était pas seulement les femmes qui pouvaient avoir le châle. Peut-être que je l'aurai une fois marié.

Isala : Oui, lorsque tu marieras l'une des filles Larue! *(rires)*

Madame Meunier : J'imagine que c'cst vrai, Loyola. Mais je n'ai pas décidé qui aura le châle. Aucun de vous n'est encore même fiancé! Et puis, peut-être que je sauterai une génération et le donnerai à une de mes petites-filles! *(rires)*

Adrien : Ce que je veux savoir, c'est d'où il vient. Quelqu'un a bien dû être le premier dans la famille à le recevoir.

Isala : Oui, Maman. D'où vient le châle?

Madame Meunier : Grand-mère Marguerite m'a dit que le châle était un cadeau de mariage offert à sa quatrième arrière-grand-mère de la part de son nouveau mari, le jour de leur mariage.

Isala : Le châle était donc à l'origine un cadeau de mariage? Comme c'est romantique! Quels étaient les noms des mariés qui l'ont eu en premier?

Madame Meunier : Je ne sais pas. Ce qu'on m'a dit, en revanche, c'est que le mari était un soldat français, et que la mariée était une femme algonquienne d'une tribu près de Trois-Rivières. Elle était la première de notre famille à posséder le châle.

Madame Meunier : J'aurai aimé savoir qui ils étaient. Mais même si je ne connais pas leurs noms, nous savons que leurs mains tenaient ce même châle et qu'une partie d'eux est tissée dans le tissu, tout comme une partie d'eux se trouve en chacun de nous.

Flora : Est-il magique, Maman?

Madame Meunier : Bien sûr qu'il l'est!

LA TROUPE
DE SABOTS

Ferme de la famille Meunier

5 mars 1901

Une couverture de neige fraîche tapissait le village estrien de Saint-Honoré, au Québec. Pendant que la famille de Delia Meunier et de son mari dort, leurs animaux de ferme, qui s'étaient baptisés « La Troupe de Sabots », ne tenaient pas en place sous la lueur de la pleine lune.

Claude le cochon sortit de l'étable et s'arrêta au pied de la colline Gingras pour contempler la neige vierge. L'air était immobile et la pleine Lune qui brillait à travers les arbres créait des ombres sombres sur la neige blanche scintillante. C'était trop de tentation pour Claude, qui sentit inévitablement monter un désir de faire des bêtises dans la clarté lunaire.

Il s'approcha d'Isabelle la chèvre, d'Henri le mouton, et des vaches, Pauline et Hélène.

– Hé tout le monde, la lune est trop brillante, je ne peux pas dormir. Allons dehors faire des galipettes dans la neige.

Isabelle était toujours partante pour les bêtises de Claude.

– J'adore les galipettes!

Nous les vaches ne serons pas laissée derrière », dit Pauline en courant vers la porte, Hélène la suivant de près. Les autres animaux firent de même et sautèrent dans la neige. Après quelques bonds, Isabelle s'arrêta près de Claude et contempla le sommet de la colline Gingras. « Je parie que les galipettes seront encore mieux là-haut, dit-elle.

Claude réfléchit un instant, et dit :

– Hmm, il y a deux semaines, j'ai vu les enfants Meunier glisser sur leur nouveau toboggan jusqu'en bas de la colline. Il est juste ici dans l'étable, peut-être devrions-nous le prendre et glisser jusqu'en bas comme les enfants Meunier!
– Un toboggan? demanda une Isabelle, perplexe. C'est quoi?
– Retournons à l'intérieur, je vais te montrer.

Les animaux suivirent Claude dans l'étable, qui pointa un grand toboggan en bois posé contre un mur.

Isabelle s'approcha du toboggan.

– Je sais ce que c'est. C'est le plancher qui se déplace sur la neige! Je me souviens que les enfants Meunier s'assoyaient dessus pour descendre la colline.

Elle tapota le toboggan.

– C'est vrai qu'ils avaient l'air de s'amuser.

Henri essaya de le bouger avec son sabot.

– Comment allons-nous l'apporter jusqu'en haut?
– Grâce à Maurice, bien sûr! Claude pointa le cheval endormi qui portait une tuque rouge. Nous pouvons mettre le toboggan au fond du chariot et Maurice nous tirera jusqu'en haut, et le toboggan avec. Monsieur Meunier a mis des skis sur le chariot pour l'hiver, nous pourrons glisser jusqu'en haut.

Les animaux se rendirent à l'arrière de l'étable pour réveiller Maurice.

— Il ne sera pas heureux de se faire réveiller, dit Hélène.

Claude monta sur une boîte et souleva la tuque de Maurice.

— Qu'est-ce que tu veux? grommela Maurice, endormi.

— Nous avons besoin que tu nous tires qu'en haut de la colline, dit Claude.
— J'ai besoin de me rendormir, dit-il en refermant ses yeux.

– S'il te plait, Maurice! Isabelle plaça ses sabots avant sur la stalle de Maurice. Je te promets de te donner ma pomme la prochaine fois que nous aurons des gâteries!

Maurice ouvrit ses yeux de nouveau et soupira.

– D'accord, allons-y, ce n'est pas comme si j'allais dormir pendant que vous me houspillez.
– Merveilleux! s'exclama Henri. Je vais aller chercher mon vin et mes cigares pour célébrer au sommet.

Les animaux accrochèrent le chariot à Maurice, qui le sortit de l'étable jusque dans la neige.

Tous les animaux se tenaient à côté du chariot et regardaient la colline Gingras.

– C'est bien là où je dois me rendre? demanda Maurice.
– Exact, Maurice, dit Henri en pointant le sommet de la colline. Tout en haut.

Maurice se retourna pour regarder les autres animaux.

– Embarquez tous. Le plus vite nous procédons, le plus vite je pourrais retourner me coucher.
– Ok tout le monde, chargeons le toboggan et montons dans le chariot, ordonna Claude.

Les animaux chargèrent le toboggan ainsi que le vin rouge et les cigares préférés d'Henri qu'Oncle Adélard Meunier lui avait donnés à l'automne. Henri, Isabelle et Claude prirent ensuite place sur le toboggan tandis que Montcalm s'assit sur le dos de Maurice.

Pauline avait de la difficulté à monter.

– Vous les vaches êtes trop grosses pour monter avec nous, dit Isabelle. Nous serons écrasés!
– Quoi? Laissez-moi au moins monter dans le chariot! s'exclama Hélène. C'est Pauline qui est trop grosse, pas moi.

Maurice se fit impatient en voyant qu'un autre obstacle potentiel se dressait entre lui et son sommeil.

> – Les vaches, vous marcherez. Si je peux le faire, vous aussi.
> – Un peu d'exercice ne te fera pas de mal, ma sœur, dit Hélène alors que les vaches se déplaçaient le long du chariot.

Tout le monde est prêt? demanda Claude.

> – Je n'ai pas besoin de fanfare, Claude, interjecta Maurice. Pointe la direction et allons-y.

Sur ce, Maurice commença à tirer le chariot sur la colline, les vaches avançant à côté.

Rendus au sommet, les animaux descendirent du chariot et regardèrent le pied de la colline.

— C'est très pentu! s'exclama Hélène la vache.

La Troupe de Sabots tira le toboggan du chariot et le plaça sur la neige. Personne ne semblait pressé d'embarquer dessus. Henri aussi était intimidé par la pente.

— C'est vrai que ça a l'air pentu.

Puis, il se tourna vers Claude.

— Es-tu certain que ce soit sécuritaire, Claude? C'était ton idée de venir ici.

— Je n'ai pas tiré cette chose jusqu'ici pour rien! intervint Maurice. Quelqu'un est mieux de descendre cette colline!

La question d'Henri donna une idée à Claude.

— Pauline, Hélène, dit Claude. Assoyez-vous ici sur le toboggan pendant que j'inspecte cette colline et que je m'assure que c'est sécuritaire.

— Pourquoi? demanda Pauline la vache.

Isabelle, suspectant Claude de fomenter un genre de farce aux vaches, en rajouta.

- Nous avons besoin que vous vous teniez sur le toboggan pour ne pas qu'il s'échappe et descende la colline avant que nous puissions tous embarquer, idiote!
- Les vaches, je ne me tiendrais pas là, avertit Maurice. Les suggestions de Claude mènent souvent à quelqu'un qui culbute.

Claude feignit l'innocence.

- Maurice, tu sais que je pense toujours à la sécurité en premier.

Les vaches, qui essayaient toujours d'impressionner leurs compagnons animaliers, n'écoutaient jamais les avertissements prudents de Maurice. Ainsi, elles embarquèrent docilement sur le toboggan.

- Sommes-nous correctement installées sur le toboggan? demanda Pauline, empressée.

   — Je crois que tu es parfaitement placée, Pauline, la rassura Henri. Mais avant que je puisse inspecter la colline, je dois aller chercher quelque chose d'important dans le chariot.

Henri prit la bouteille de vin rouge sombre et quelques cigares, parce qu'il savait que rire des vaches était toujours mieux avec du vin rouge et un cigare. Il se versa un verre, et un autre pour son compagnon habituel de boisson, Claude.

Pendant qu'Henri versait le vin, Claude se pencha vers Isabelle et lui chuchota à l'oreille en pointant les vaches sur le toboggan. Isabelle gloussa et hocha de la tête.

   — Claude, dit Henri, J'ai ce dont j'ai besoin. Tu peux inspecter la colline maintenant.

Henri s'installa confortablement et alluma son premier cigare de la soirée.

— Merci, Henri, dit Claude. À présent, je vais inspecter la colline pour m'assurer qu'elle est sécuritaire pour la glissade.

Pendant que Claude parlait, Henri fit un clin d'œil à Isabelle.

— Maintenant, Isabelle, murmura-t-il.
— Amusez-vous les filles! cria Isabelle en donnant un bon coup de pied au toboggan.

Maurice le cheval ferma les yeux, et les vaches hurlèrent de surprise alors qu'elles commençaient à descendre la colline. La Troupe de Sabots rit et encouragea les braves vaches dans leur aventure.

— Allez, mes filles courageuses! applaudit Henri.
— Pauline, pourquoi bougeons-nous? demanda Hélène, en panique. Claude n'a pas fini d'inspecter la colline!

Pauline essaya de tourna la tête pour voir où elles allaient.

— C'était Isabelle! Elle nous a poussées! cria-t-elle.

– Ne t'inquiète pas, Pauline! lança Hélène. Peut-être pouvons-nous inspecter la colline pour Claude.

À ce moment, elle aperçut une bosse au bas de la colline.

– Je pense que tu devrais t'accrocher, ma sœur!
– M'accrocher à quoi, ta queue?

Alors que Pauline terminait sa phrase, le toboggan percuta la bosse, et des sabots, des cornes et des pis s'envolèrent dans les airs.

Les vaches étaient assises dans la neige au pied de la colline pendant qu'Henri, Isabelle et Claude, encore en haut, riaient.

Pauline et Hélène, voyant qu'elles n'étaient pas blessées, étaient prêtes pour une nouvelle aventure.

> – Nous voulons le refaire, Claude! cria Pauline.
> – Oui! Nous avons terminé l'inspection pour toi! ajouta Hélène fièrement.

Claude se tourna vers Isabelle et Henri, qui riaient toujours.

> – Grâce à nos courageuses vaches, l'inspection est maintenant terminée. Je déclare la colline sécuritaire pour la glisse!

Maurice ouvrit ses yeux et se détendit en voyant que les vaches étaient saines et sauves.

- Qu'en est-il de la bosse en bas? demanda-t-il. Je vous ai prévenu que quelqu'un culbute toujours quand Claude a une idée.
- La bosse? demanda Hélène. Mais c'est la meilleure partie, Maurice!
- Je suis la prochaine! déclara Isabelle avec enthousiasme.
- C'était mon idée, Isabelle, dit Claude. C'est mon tour maintenant!

Pendant que la Troupe de Sabots était occupée à se chamailler pour savoir qui irait sur le toboggan, personne ne remarqua Delia Meunier qui se tenait parmi eux.

- Mais quel est tout ce bordel? demanda-t-elle. Que faites-vous tous sur la colline?

– C'est Madame Meunier! dit Maurice, soulagé. Maintenant, vous êtes tous dans de beaux draps, et je pourrai retourner me coucher dès qu'elle mettra fin à vos bêtises.

Henri fit tomber le cigare de sa bouche tandis que Claude essaya de cacher son verre de vin.

– Comment nous avez-vous trouvés, Madame Meunier? demanda Claude.
– Claude, tu n'es pas le seul qui se fait réveiller par la clarté de la lune à travers la fenêtre, répondit Madame Meunier.

Elle se tourna ensuite vers Maurice.

– Maurice, tire le chariot jusqu'en bas de la colline et ramène les vaches et le toboggan.
– Oui, Madame Meunier!

Maurice pivota et commença à tirer le chariot jusqu'en bas pour aller chercher le toboggan et les vaches.

– C'était les vaches, Madame Meunier, elles nous ont fait sortir.

Isabelle la chèvre essayait toujours de reporter le blâme sur d'autres.

– Ne t'inquiète pas, Isabelle, dit Madame Meunier d'un sourire rassurant. Tu n'as pas besoin de blâmer les vaches à cause de la lune qui brille sur la neige.

Madame Meunier tourna ensuite son regard vers le pied de la colline et regarda Maurice tirer le chariot jusqu'en haut.

– Je ne peux pas croire que je n'ai jamais été sur cette colline par une nuit d'hiver.

Une fois Maurice arrivé au sommet, il remarqua le regard distant de Madame Meunier sur les champs en contrebas.

— Que voyez-vous, Madame?

— Ah, mon cher Maurice, rit doucement Madame Meunier. Je vois des érables sans feuille tendus vers la pleine lune comme des mains sombres, et de la neige blanche qui scintille comme des diamants dans la clarté lunaire.

Puis, elle sourit à Maurice.

— Et je vois une jeune fille qui joue dans la neige.
— Je ne vois personne, Madame, dit Maurice, confus.

Madame Meunier ne répondit rien, et se contenta de tapoter doucement Maurice.

La Troupe de Sabots aida les vaches à descendre du chariot et placèrent le toboggan sur la neige pendant que Madame Meunier continuait de regarder en contrebas de la colline.

Isabelle, curieuse, pointa le panier qui reposait sur le bras de Madame Meunier.

– Madame Meunier, qu'y a-t-il dans votre panier? Avez-vous apporté des gâteries pour nous? Je commence à avoir faim!

Madame Meunier regarda son panier.

– Oh, j'avais presque oublié!

Elle tapa des mains.

– Rapprochez-vous, mes chers! Vous devez être affamés après toutes ces bêtises.

Elle ouvrit le panier à pique-nique.

–   Voici un pain chaud et du délicieux fromage, une bouteille de vin de caribou épicé et de la tire d'érable chaude pour manger la tire sur la neige!

Les animaux applaudirent et formèrent un cercle autour de Madame Meunier. Tout le monde reçut une tranche de pain chaud avec du fromage sur le dessus. Maurice eut aussi une pomme parce qu'il avait travaillé plus fort que tout le monde.

Hélène la vache prit la parole pendant que les autres finissaient leur collation.

–   Madame Meunier, vous avez dit à Maurice que vous avez vu une jeune fille jouer dans la neige. Où est-elle? Voudrait-elle aussi quelque chose à manger?

En réponse, Madame Meunier se tourna et pointa le pied de la colline.

– Saviez-vous que mon arrière-grand-père, Augustin Gingras, était le premier fermier ici, il y a cent ans de cela? C'est pour cette raison qu'on appelle cette colline la colline Gingras, répondit Madame Meunier. Mon grand-père Antoine Charron avait fait un petit chariot sur lequel ma sœur Victorine et moi descendions la colline. Au printemps et en été, les champs se remplissaient de pissenlits et d'iris bleus. En hiver, mes amis et moi glissions sur la colline. Nous avions beaucoup de plaisir dans ce temps-là.

Tout le monde était silencieux, captivé par le récit de Madame Meunier.

– Adolescentes, mes amies et moi organisions des pique-niques ici avec les beaux garçons durant les chauds dimanches après-midi. J'ai rencontré Elphage ici à quinze ans. C'était en-dessous de ce chêne qu'il m'a demandée en mariage. J'avais dix-neuf ans, et bien sûr, j'ai dit oui.

À ce moment, la cloche de l'église Notre-Dame-des-Neiges-Perpétuelles de Saint-Honoré sonna. Il était six heures du matin, et le soleil se lèverait dans vingt-et-une minutes. Madame Meunier se retourna vers les animaux.

– Allez mes chers, c'est le temps de rentrer. Je dois préparer le déjeuner pour Elphage et les enfants, et une journée chargée nous attend tous à la ferme.

– Mais nous n'avons pas encore glissé sur la colline! s'écrièrent Henri, Isabelle et Claude.

– Nous voulons glisser de nouveau! s'exclamèrent les vaches.

– Je veux seulement retourner me coucher, soupira Maurice.

– Il n'y a plus de temps, nous devons retourner à…

Madame Meunier s'arrêta soudain en pleine phrase et se retourna pour regarder en bas de la colline.

Hélène la vache remarque que Madame Meunier regardait encore le champ en contrebas.

– Avez-vous encore vu la jeune fille jouer dans la neige, Madame Meunier? J'aurais aimé pouvoir la voir! dit Hélène.

Madame Meunier ne répondit pas, mais plutôt se retourna et sourit à tout le monde.

— D'accord, mes chers. Elphage et les enfants pourront faire leur propre déjeuner ce matin. Descendons cette colline! Tout le monde sur le toboggan pour une dernière glissade, ordonna-t-elle. Maurice, donne-nous une poussée avant de ramener le chariot, on se rejoint en bas!

Tous en même temps, les animaux se ruèrent vers le toboggan et commencèrent à se chamailler pour avoir une place.

Le renâclement sonore et bougon de Maurice immobilisa tout le monde.

— Que faites-vous tous? Montez dans le toboggan un à la fois, remplissez l'avant d'abord puis l'arrière, et laissez la première place à Madame Meunier, tout devant.

Claude s'inclina poliment devant Madame Meunier.

> – Nous sommes désolés, Madame Meunier! Veuillez prendre la place d'honneur.
> – Merci, Claude, répondit-elle en s'assoyant devant le toboggan.

Montcalm le chat s'assit sur ses genoux. Les vaches dernière Madame Meunier, Hélène en premier, puis Pauline,

Maurice continua de diriger tout le monde à leur place sur le toboggan.

> – Ne traînons pas, Troupe de Sabots, ou nous mangerons notre dîner sur la colline.
> – J'y vais, Maurice! dit Claude en s'assoyant à côté d'Isabelle.

Henri le mouton fut le dernier à prendre place.

– Pourquoi es-tu toujours le dernier, Henri? demanda Maurice.
– Eh bien, si quelque chose arrive, je veux être le dernier à le savoir.

Maurice soupira.

– Si tu le dis, Henri.

Il se tourna pour regarder les autres.

– Sommes-nous enfin prêts?
– Oui! dit tout le monde à l'unisson, sauf pour Isabelle qui fit un sonore « Non! »
– Qu'y a-t-il, Isabelle? demanda Maurice, impatient. Fais vite, tu interfères avec mon temps de sommeil.
– On ne peut pas partir, Maurice, parce qu'Hélène est assise sur mon sabot!
– Ne t'inquiète pas, elle ne sera pas assise sur ton sabot très longtemps, Isabelle, répondit Maurice en donnant une petite poussée sur le toboggan. C'est parti!
– Maurice! cria Isabelle pendant que les aventuriers commençaient à descendre la colline, prenant rapidement de la vitesse.

Voyant qu'ils étaient enfin en route, Maurice rit avant de trotter docilement pour descendre la colline, tirant le chariot et grommelant à quel point il était fatigué.

Le toboggan prenait de plus en plus de vitesse, et Henri perdit momentanément son ancrage et faillit culbuter vers l'arrière.

– Isabelle! À l'aide!

Isabelle l'agrippa et le stabilisa.

– Accrochez-vous à l'animal à côté de vous! avertit-elle. Nous avons failli perdre Henri!

Alors qu'ils s'approchaient du pied de la colline, Pauline remarqua la bosse qui s'approchait rapidement.

- Ne vous inquiétez pas tout le monde, la bosse est géniale!
- La bosse? Il y a une bosse? demanda Madame Meunier, alarmée, juste au moment où le toboggan la percuta, les envoyant, elle et la Troupe, partout dans les airs.
- Claude! Maurice avait raison! dit Henri en époussctant la neige de sa laine. Quelqu'un culbute toujours quand tu as une idée!
- Mais tu t'es amusé, Henri, admets-le!

La voix de Claude était étouffée puisqu'il s'extirpait d'un banc de neige.

- Où est Madame Meunier? demanda Isabelle. Est-elle correcte?

- Madame Meunier?

Pendant qu'Hélène cherchait Madame Meunier, elle entendit le rire d'une jeune fille. En se tournant, elle vit une fille assise dans la neige.

- Madame Meunier, est-ce bien vous?

Hélène cligna des yeux et vit, au lieu de la fille, Madame Meunier assise dans la neige. Elle riait encore.

Hélène s'approcha de Madame Meunier et s'étendit à côté d'elle.

> — C'était vous, Madame Meunier! dit-elle. Vous êtes la petite fille qui joue dans la neige!

Madame Meunier sourit et posa la main sur le cou d'Hélène avec affection.

> — Tu comprends maintenant, chère Hélène. J'avais presque oublié la joie d'une simple glissade en toboggan sur cette colline.

Elle se tourna ensuite vers la Troupe de Sabots.

> — Vous êtes tous un peu fous, mais je vous aime. Merci de me rappeler d'avoir du plaisir.

Hélène blottit sa tête sur les genoux de Madame Meunier.

> — Racontez-nous d'autres récits d'antan, Madame Meunier, de quand vous étiez plus jeune.

Hélène ferma les yeux et rêva d'une journée chaude d'été remplie de pissenlits jaunes, d'iris bleus, et de rires de jeunes filles, tandis que Madame Meunier racontait des récits de ses aventures d'enfance sur la colline Gingras.

MAURICE REÇOIT UNE MÉDAILLE

CHAPITRE 1

Printemps 1902 au Québec,
au nord du Vermont

Le printemps était enfin arrivé dans le village de Saint-Honoré, au Québec. Les iris bleus et les pissenlits jaunes tapissaient les champs verdoyants. Les érables majestueux, revigorés par leur sieste hivernale, étiraient leurs membres vers le soleil chaud, leurs branches recouvertes de nouvelles feuilles d'un vert éclatant. Les collines berçaient le petit village comme une mère aimante, nourrissant la vie de l'intérieur. Tout autour de Saint-Honoré, les fermiers labouraient les champs et plantaient les semences en vue d'une récolte d'automne abondante pour tous.

Sur l'un de ces fermes vivaient Elphage Armand Gidéon Meunier, sa femme Delia (née Gingras) et leurs enfants. Ce printemps, la famille Meunier accueillait un nouveau membre, Arthur, que les quatre autres enfants Meunier adoraient.

Arthur n'était pas le seul nouveau sur la ferme Meunier. Dans l'étable rouge, Pauline la vache était blottie contre son veau Mirabelle.

Pauline vivait là avec sa sœur la vache Hélène, un cheval fort nommé Maurice, un cochon pimpant appelé Claude, un mouton fumant le cigare nommé Henri, et une chèvre espiègle baptisée Isabelle. Ils étaient tous surveillés par le chat d'étable borgne, Marquis de Montcalm. Les enfants Meunier le surnommaient Monty, ce qui contrariait considérablement le grand Marquis de Montcalm.

Ensemble, les animaux de la ferme Meunier aimaient s'appeler la Troupe de Sabots.

Un dimanche matin, les cloches de l'église Notre-Dame-des-Neiges-Perpétuelles sonnèrent, invitant tout le monde à la messe matinale. Elphage attacha Maurice au chariot pour amener la famille à l'église du village tandis que Madame Meunier inspectait rapidement les enfants.

– Adrien, boutonne ta chemise. Flora, prends ce mouchoir et essuie la poussière de tes beaux souliers.

– Maman, est-ce que je peux prendre bébé Arthur?

Isala, l'aînée des enfants Meunier, savait instinctivement que sa mère avait besoin d'aide pour tenir la maison de la famille Meunier, maintenant qu'il y avait un nouveau-né.

Madame Meunier tendit Arthur à Isala.

– Rappelle-toi de bien le garder au chaud sous la couverture.

Flora, cinq ans, s'ennuyait du temps où elle était le centre de l'attention.

– Mais je voulais être le bébé. Renvoyez Arthur d'où il vient.

Madame Meunier se tourna vers Flora.

– Tu es une grande sœur maintenant, la meilleure aide de maman. Cela veut dire que tu deviens une grande fille.

Madame Meunier embrassa sa fille et l'enveloppa sous la couverture, à côté de son frère Adrien. Montcalm le chat s'assit sur les genoux de Madame Meunier, comme il le faisait toujours durant les sorties familiales.

Loyola était le plus vieux des garçons Meunier et espérait posséder sa propre ferme un jour.

– Papa, est-ce que je peux conduire le chariot?

Toutefois, Maurice le cheval, qui avait mené la famille sur cette route des centaines de fois déjà, n'était pas intéressé à céder ses importantes responsabilités à Loyola.

– Je connais le chemin, je n'ai besoin d'aide de personne.

Elphage donna à Maurice une tape rassurante et lui sourit.

– Ne t'inquiète pas, mon vieil ami fidèle.

Puis, Elphage se tourna vers Loyola.

– Tu peux conduire, Loyola, mais laisse Maurice faire le travail.

Satisfait de savoir que son rôle de vrai conducteur du chariot était établi, Maurice se retourna vers l'avant.

Madame Meunier fit un signe de la tête à Elphage, qui se tourna vers son fils.

- Nous sommes prêts à partir, Loyola. Dit à Maurice de nous amener au village.
- Oui, Papa. Allez Maurice, c'est le temps de partir!

Sur ce, Maurice, le chariot à ses trousses, commença docilement sa route vers Notre-Dame-des-Neiges-Perpétuelles de Saint-Honoré.

CHAPITRE 2

Promenade à Saint-Honoré

La famille Meunier arriva seulement une minute avant le début de la messe. Loyola aida son père à détacher Maurice du chariot pendant que les autres entraient dans l'église, laissant Maurice et Montcalm seuls au centre du village.

Même si les magasins étaient fermés le dimanche, les commerçants de Saint-Honoré laissaient toujours pour Maurice et Montcalm des douceurs à déguster pendant qu'ils attendaient la famille Meunier à l'église.

Le guilleret Émile de la Boulangerie d'Émile, où ça sentait délicieusement bon les gâteaux, le pain et les tartes, laissait deux Pets-de-sœurs pour Maurice et Montcalm.

La gentille veuve Rosalie Fontaine de la Fromagerie de Saint-André n'oubliait jamais de laisser quelques tranches de fromage Brise du matin ainsi que deux petites tasses de bière blonde, question de bien faire descendre le tout.

Finalement, Maurice trouvait toujours une pomme à l'épicerie de Saint-Honoré, que laissait Monsieur Jean et Madame Patricia Bénéat.

En continuant à descendre la rue, Montcalm pointa soudainement la porte ouverte de la chapellerie d'Éloïse.

– Hum, dit Maurice, un magasin de chapeaux dont la porte est ouverte. Peut-être ai-je besoin d'un nouveau chapeau, Montcalm.

Montcalm sur le dos, un Maurice curieux entra dans la chapellerie, remplie de chapeaux de toutes tailles, formes et couleurs.

Maurice parcourut la pièce du regard, et vit qu'il n'y avait personne.

– On dirait bien que nous devons nous servir nous-mêmes, Montcalm. Quel chapeau devrais-je essayer?

Montcalm pointa un chapeau, puis un miroir accroché au mur.

Maurice retira sa tuque rouge, la remplaça par un chapeau pour femmes, puis se regarda dans le miroir. Montcalm se mit à rire et l'instant d'après, Maurice se joignit à l'hilarité. Tous deux commencèrent à essayer un chapeau après l'autre, à se regarder dans le miroir, et à rire.

> — Assez de sottises, Montcalm. La famille Meunier va
> bientôt sortir de l'église.

Sur ce, Maurice et Montcalm retournèrent dans la rue.
Montcalm vit que Maurice portait toujours un chapeau de
femme en sortant de la boutique, mais il se garda bien de dire
quoique ce soit.

Soudainement, une voix s'éleva :

> — Ceci n'est pas un chapeau pour un vrai cheval! Il t'en faut un comme le mien!

Maurice se retourna et vit une magnifique jument coiffée d'un chapeau de campagne de la police montée du Nord-Ouest.

> — Ma tuque est très bien comme ça, merci beaucoup, répondit Maurice.

– J'ai vu beaucoup de choses étranges en tant que monture de police, mais *ça*, et la jument pointa du sabot le chapeau de femme sur la tête de Maurice, n'est pas une tuque.

Montcalm rit en brandissant la tuque rouge de Maurice devant se yeux. Maurice retira le chapeau de femme de sa tête et remit sa tuque.

– Montcalm, qu'as-tu fait?

Mais Montcalm était déjà trop occupé à nettoyer les savoureuses miettes de pâtisserie à la cannelle de la Boulangerie d'Émile pour porter attention à Maurice.

— Mon nom est Cammi, et je fais partie de la Police montée du Nord-Ouest. Nous formons une nouvelle unité pour aller loin, loin dans le nord et gérer les fauteurs de trouble, les usurpateurs de terres et les voleurs de diligence.

— Plus au nord que Trois-Rivières? demanda Maurice.

C'était l'endroit le plus au nord qui lui venait en tête.

— Oh, bien plus loin que ça. Pourquoi ne te joins-tu pas à nous? Nous sommes toujours à la recherche de bonnes montures.

Cammi retira son chapeau de campagne et le mit sur la tête de Maurice.

– Essaie-le, peut-être que tu voudras te joindre à nous!

Occasionnellement, Maurice s'amusait à regarder les enfants Meunier reconstituer les récits d'aventures sur la frontière canadienne que leur père Elphage leur avait lus. Porter le chapeau transporta Maurice dans le Grand Nord, le pays des neiges et des fauteurs de trouble peu recommandables, et il s'imagina être lui aussi de ces aventures et d'être acclamé en héros à la fin.

– Maurice! Montcalm! Ils sont là, Maman!

La voix d'Adrien ramena Maurice à Saint-Honoré. Les trois aînés des enfants Meunier enroulèrent leurs bras autour de lui tandis que Montcalm se hissait sur l'épaule de Madame Meunier. Maurice regarda les enfants Meunier qui l'étreignaient.

– Je ne pense pas aller nulle part, Cammi.

Sur ce, il redonna le chapeau de campagne au cheval de police.

Cammi embrassa les enfants du regard et sourit.

> – Eh bien, partenaire, on dirait que tu es déjà le héros de Saint-Honoré.
> – On a besoin de toi ici, Maurice! implora Isala.
> – Et puisque tu es le héros de Saint-Honoré, vous devriez prendre ceci.

Cammi tendit un avis de recherche à Maurice.

Le cavalier de Cammi, qui avait fière allure dans son uniforme rouge, sella sa monture et dit :

— Au revoir, famille Meunier! Nous partons attraper le train pour Winnipeg, direction finale Whitehorse!
— Bon voyage vers le Nord, Cammi, dit Maurice. Je pense que mes seules aventures seront ici à Saint-Honoré, soupira-t-il.

Tandis que Cammi et son cavalier partaient vers la station de train, la famille Meunier tourna son attention sur l'avis de recherche.

– Est-ce que je peux voir l'affiche, Maurice? demanda Elphage.

La famille Meunier se rassembla autour d'Elphage pendant que ce dernier dépliait l'avis pour que tout le monde puisse le voir :

RECHERCHÉS!
Pour vol de tartes, d'outils et autres pitreries

Les Fripons
Azeban le Raton laveur et Muin l'Ours

RÉCOMPENSE!
$10.26!

— Dix dollars et vingt-six sous! s'exclama Loyola. Avec ça, je pourrais commander le nouveau vélo du catalogue Eaton.

— Les Fripons, ajouta Madame Meunier. Les femmes à l'église en parlaient. Tout le monde, semble-t-il, s'est fait voler une délicieuse tarte au sucre directement de son rebord de fenêtre.

— Certains hommes ont aussi des outils qui manquent dans leur étable, dit Elphage.

Puis il se tourna vers Maurice et Montcalm.

— Je m'attends à ce que vous fassiez votre devoir et que vous soyez à l'affût de ce raton laveur et de cet ours.

Maurice se redressa; après tout, il pouvait être un héros s'il trouvait ces deux malcommodes!

— Oui Monsieur Meunier!

KEROSENE
WATERLOO BOY

CHAPITRE 3

Pendant ce temps, à la ferme Meunier…

Par-dessus tout, les animaux de la Troupe de Sabots adoraient les farces, et rien ne crée plus de farces que l'ennui. La matinée dominicale, quand la famille Meunier allait à l'église, était la période la plus ennuyante de la semaine, et aujourd'hui dans l'étable rouge de la ferme familiale, la Mère des farces serait occupée.

Hélène la vache soupira.

- Aucun enfant Meunier avec qui jouer.
- Pas de Maurice le cheval avec lequel chahuter, ajouta Henri le mouton.
- Pas de Montcalm le chat avec lequel chasser des fils, soupira Isabelle la chèvre. Je m'ennuie.

Pauline prit la parole pendant qu'elle allaitait Mirabelle.

- C'est vraiment injuste que Maurice et Montcalm puissent passer la journée au village pendant que nous, les animaux les plus travaillants de la ferme Meunier, devons rester à la maison, surtout pendant une journée chaude de printemps.

Le veau de Pauline releva la tête et laissa échapper un petit, mais enthousiaste : Meuh!

– Attention tout le monde! J'ai une idée, dit Claude le cochon. C'est toi Pauline qui me l'a donnée.

Toute l'attention d'Isabelle était désormais rivée sur Claude.

– Que devrions-nous faire selon toi? Tu as toujours les idées les plus drôles!

Claude s'était hissé sur une boîte pour que tout le monde puisse le voir.

– Eh bien, Pauline a dit que nous sommes les animaux les plus travaillants sur la ferme Meunier, alors montrons à Monsieur Meunier à quel point nous travaillons fort en allant labourer les champs pour lui!

– Comment allons-nous faire ça? demanda Pauline.
Maurice n'est pas là pour tirer la charrue.
– Ah, mais nous avons le nouveau cheval mécanique de
Monsieur Meunier pour tirer la charrue, dit Henri en
pointant la machine Waterloo Boy Traction à kérosène
flambant neuve de Monsieur Meunier.

Tout le monde tourna son regard vers la machine inquiétante.

> – Qu'est-ce qu'il mange? demanda Isabelle.
> – Il ne mange rien, c'est une machine, expliqua Henri.

Hélène se rapprocha pour l'examiner.

> – Est-ce que c'est son nom sur le côté?

La Troupe se rapprocha de l'engin. Claude pouvait lire assez bien pour faire croire aux gens qu'il savait lire.

- -Je pense qu'il est écrit *Wahlteh la*. Son nom est Walter!
- -Réveille-toi, Walter! s'exclama Isabelle en le tapotant de ses sabots.

La Troupe attendit un instant une réponse... rien.

> – Les fois où j'ai vu Monsieur Meunier réveiller Walter, il utilisait cette barre.

Henri pointa une barre accotée contre le mur de l'étable.

> – C'est vrai, je m'en souviens maintenant! s'exclama Claude avec excitation. Monsieur Meunier mettait cette barre dans le trou, la tournait quelques fois, et Walter se réveillait!

Pauline pointa le siège sur le dos de Walter.

> – Monsieur Meunier s'assoit juste ici, et c'est là que je veux m'asseoir aussi!

Je vais m'asseoir en avant et dire à Walter d'aller à gauche ou à droite, dit Isabelle.

> – Je vais réveiller Walter en tournant la barre, proposa Claude.

– Je vais aider en accrochant la charrue derrière Walter, dit Hélène en commençant à tirer la charrue.

– Et moi, dit Henri en sortant une boîte de cigares, je vais superviser les opérations au champ.

Tout le monde prit position.

– Tout le monde est prêt?

Henri avait décidé qu'il serait en charge.

– Oui! répondit tout le monde à l'unisson.

Henri donna l'ordre.

– Claude, réveille Walter!
– D'accord, Henri!

Claude se redressa au complet et, la barre fermement dans ses mains, sauta de la boîte et donna un bon coup à la barre. Walter ne broncha pas.

– Essaie encore, Claude! ordonna Henri.
– Et voici!

De toutes ses forces, Claude sauta de nouveau de la boîte, et tourna la barre. Cette fois, Walter revint à la vie en crachotant et en émettant un bruyant crépitement. La barre de Walter continua de tourner, emmenant Claude à sa suite.

— Au secours! cria Claude tandis qu'il tournoyait rapidement, agrippé à la barre en rotation.

Les cris à l'aide de Claude firent sursauter Pauline, qui enclencha accidentellement l'embrayage, ce qui propulsa Walter vers l'avant.

Hélène n'était pas encore prête.

— Pauline! Qu'est-ce que tu fais avec Walter? Je n'ai pas encore attaché la charrue.

Henri courut vers le petit cochon.

— Claude! Lâche la barre!

Claude lâcha la barre tournoyante et prit son envol en décrivant un grand arc dans les airs.

Pauline regarda Claude s'envoler.

– Pourquoi Claude est-il toujours en train de voltiger quand il y a du travail à faire?

Walter continua de trotter vers l'avant, inconscient des dangers d'un cochon volant.

Pendant ce temps, une Isabelle frustrée n'arrivait pas à diriger Walter.

– Regarde où tu vas, Walter!

Walter ne prêta aucune attention à Isabelle et accrocha l'échelle posée contre la porte de l'étable, ce qui fit tomber un sceau sur la tête d'Isabelle.

> – Arrête, Walter! Je ne peux pas voir où nous allons!
> – Pauline, attends! Tu as oublié la charrue!

Hélène se mit à chasser Walter qui progressait tant bien que mal sur le pâturage.

Isabelle, un sceau toujours renversé sur la tête, tomba du haut de Walter jusque dans l'abreuvoir. Elle flottait à l'envers dans l'abreuvoir, les quatre fers en l'air.

Henri, Claude et Hélène chassèrent Walter autour de la ferme, une Pauline en panique toujours derrière le volant.

— Arrête-toi, Walter!

La Troupe était trop occupée par tout ce chaos pour remarquer un ours et un raton laveur qui les regardaient de près, dissimulés derrière les arbres à l'orée de la bassecour.

L'ours parla en premier.

> – Qu'en penses-tu, Azeban? Regarde toutes les délicieuses tartes sur le rebord de la fenêtre de la maison.

Mais Azeban le raton laveur farceur avait d'autres plans.

> – Muin, ceci est bien plus grand que des tartes! Regarde le cheval mécanique. Pense à combien nous nous amuserons en le conduisant partout et en achalant tout le monde. À la fin, nous pourrons avoir un formidable accident dont tout le monde parlera pendant des années!

Muin continua de regarder les tartes.

> – C'est drôle, Azeban, comment les *habitants* nous appellent les Fripons juste parce que nous aimons les tartes.

Walter s'arrêta finalement lorsqu'une des roues avant tomba dans un trou dans la terre.

Les Fripons continua de regarder les animaux de la Troupe de Sabots qui tournaient autour de Walter, essayant de le sortir du trou.

> – Qu'est-ce qu'on fait maintenant? demanda Hélène. Comment allons-nous sortir Walter du trou?

— Oubliez Walter! s'exclama Isabelle en un cri étouffé. Sortez-moi de ce sceau!

Azeban donna un coup de coude à Muin.

— Muin, je pense que ce sera un jeu amusant de donner un coup de main à ces animaux.
— Oui, Azeban, un coup de main qui nous permettra de nous amuser un peu, acquiesça Muin.

Sur ce, Muin et Azeban sortirent du couvert des arbres et entrèrent dans la bassecour.

KEROSENE

CHAPITRE 4

Les Fripons dérobent Walter

Bonjour camarades! s'exclama Azeban. Je suis Azeban, et voici Muin l'Ours.

Il leva la main en signe de salutation.

– On dirait bien que vous éprouvez des difficultés avec votre cheval mécanique, poursuivit-il.

La Troupe de Sabots s'arrêta pour fixer les étrangers.

– Oh, bonjour! Moi, c'est Claude, dit Claude le cochon, et nous sommes la Troupe de Sabots!

– Et lui, dit Henri le mouton, c'est Walter et nous n'arrivons pas à le sortir du trou.

Le raton laveur grimpa sur le siège passager de Walter.

- – Nous pouvons vous aider! déclara Azeban en glissant un clin d'œil à Muin.
- – Peut-être que vous pourriez d'abord sortir Isabelle la chèvre de ce sceau, suggéra Henri en pointant les sabots d'Isabelle qui dépassaient du sceau flottant.
- – Muin, va donc aider cette pauvre chèvre.

Azeban le raton laveur était occupé à étudier les différentes vitesses tandis que Muin l'Ours, grâce à sa grosse patte, sortit Isabelle hors du sceau et la posa sur le sol.

– Oh, merci, Monsieur l'Ours!

Muin fut légèrement surpris lorsqu'Isabelle lui fit un câlin.

— Muin... Muin!

L'ours était si distrait par le câlin qu'il n'entendit pas Azeban l'appeler.

— Muin! Muin! Va devant Walter et soit prêt à pousser quand je commencerai à reculer.
— Allez tout le monde! Aidons l'ours!

Pauline rallia tous les animaux qui se rassemblèrent aux côtés de Muin, devant Walter. Tout le monde prit place.

Muin n'était pas habitué à être aidé.

- Je n'ai pas besoin d'aide.
- Sottises, Monsieur l'Ours! s'exclama Hélène. Aujourd'hui, vous et le raton laveur êtes des membres honoraires de la Troupe de Sabots!
- Nous faisons déjà partie de notre propre groupe, objecta Azeban. Nous sommes les Fripons... ah! Voici la boîte de vitesse! Allons-y!
- Hum, les Fripons, c'est un nom étrange, dit Henri.
- Poussez, tout le monde! cria Isabelle.

Grâce aux efforts combinés de Muin et de la Troupe de Sabots, Walter recula hors du trou.

À ce moment-là, la famille Meunier arriva à la maison dans son chariot. Isala vit Walter qui reculait hors du trou pendant que la Troupe de Sabots poussait par devant.

KEROSENE
WATERLOO BOY

— Papa, pourquoi votre nouvelle machine à traction est-elle dans le champ?

Elphage se tourna pour regarder.

— Quoi? Je l'avais laissée dans l'étable.

Loyola remarqua aussi que quelque chose clochait.

— Papa! Qui sont cet ours et ce raton laveur, et pourquoi conduisent-ils la machine à traction?

Madame Meunier leva son nez de l'avis de recherche qu'elle lisait et tressaillit.

— C'est les Fripons qui volent notre machine à traction!

Azeban remarque la famille Meunier qui les regardait, bouche bée, et il commença à éloigner Walter.

— Muin, *les habitants* sont de retour! Embarque et filons d'ici!

Muin sauta à l'arrière tandis qu'Azeban embrayait la vitesse avant et se mettait à rire.

— Déjouer les *habitants* est toujours la meilleure partie, Muin!

Walter, conduit par Azeban et Muin, commença à longer la ferme Meunier à toute allure lorsque Muin remarqua quelque chose.

— Attends, Azeban! Les tartes sur le rebord de la fenêtre! Passe à côté pour qu'on puisse les prendre avec nous!

— Muin, tu penses toujours avec ton estomac!

La famille Meunier sauta en bas du chariot et regarda Walter, Muin et Azeban revenir vers la maison.

Isabelle se tourna vers Maurice.

— Voici la chance d'être le héros, Maurice. Arrête-les!

Maurice s'imagina qu'il était désormais membre de la Police montée du Nord-Ouest et prit le commandement de ses camarades animaux.

– La Troupe! Sur le chariot!

Toute la troupe prit place à bord.

– Allons-y, tout le monde! cria Pauline tandis que Maurice tirait le chariot vers Walter.

Madame Meunier vit la patte de Muin se tendre et attraper le délicieux dessert du rebord de la fenêtre.

– Ils volent mes tartes! cria-t-elle.

— Je les ai, Azeban. Vas-y! s'exclama un Muin triomphant.
— Ils ne nous attraperont pas maintenant, Muin!

Azeban fit virer la machine à traction pour s'éloigner de la maison.

La course était commencée. Azeban et Muin avaient une avance grâce à Walter, mais Maurice, tirant le chariot avec la Troupe de Sabots à bord, les rattrapa rapidement. Finalement, Maurice arriva directement derrière Muin.

— Je ne vous décevrai pas, Monsieur Meunier!
— Attrape-le, Maurice! cria Henri le mouton.

Maurice étira son cou et agrippa Muin avec ses dents.

— Aïïïïe! cria Muin de douleur, en lançant la tarte dans les airs, qui atterrit sur la tête d'Azeban en recouvrant ses yeux de confiture sucrée.

— Muin! Qu'est-ce que tu fais? Je ne vois plus rien!

Azeban et Muin perdirent leur équilibre et dégringolèrent au sol. Sans conducteur, Walter s'arrêta.

La famille Meunier se rassembla autour du cafouillage tandis que Maurice se tenant triomphant au-dessus d'Azeban et Muin, affalés par terre. Walter laissa échapper des crachotements et des sifflements pendant encore quelques instants, puis se tut.

Elphage se tourna vers Maurice et sourit.

> – Tu as réussi, Maurice!
> – Tu es un héros! Tu as les Fripons! s'exclama Isala tandis que les enfants Meunier s'empressaient autour de Maurice, qui savourait la gloire d'être un héros.

Pendant ce temps, Monsieur et Madame Meunier surveillaient Azeban et Muin, qui étaient étalés par terre.

> – Loyola, va au village et ramène le constable, demanda Elphage à son fils.

Puis, Elphage reporta son attention sur Azeban et Muin.

> – Vous deux fauteurs de troubles restez bien sagement ici.

– Papa, est-ce que ça veut dire qu'on gagne la récompense? demanda Loyola.

Elphage réfléchit un moment.

– Oui... Je pense que ça veut dire qu'on gagne la récompense aussi!

Azeban lançait des regards désapprobateurs à Muin, qui était trop occupé à essayer de manger des restes de tarte au sucre pour le remarquer.

– Toi et ton estomac avez gâché notre plaisir, Muin!

Le jour d'après, la famille Meunier et la Troupe de Sabots se rassemblèrent pour remettre à Maurice une médaille d'héroïsme. Les enfants Meunier avaient fabriqué la médaille avec des restes de rubans et de cuivre trouvés dans la maison. Isala, en tant qu'aînée, eut l'honneur de placer la médaille sur la tête de Maurice.

— Au héros de Saint-Honoré!

Tout le monde applaudit tandis que Maurice savourait une pomme bien méritée.

CHAPITRE 5

La famille Meunier prend une décision

Quelques jours plus tard, la famille Meunier était toute rassemblée autour de la table de la cuisine avec les dix dollars et vingt-six sous de récompense pour la capture des Fripons.

MAURICE

– On pourrait l'utiliser pour faire une sortie en famille à Montréal, suggéra Elphage.
– Je pourrais avoir un nouveau vélo, répliqua Loyola.
– Mais ce ne serait pas juste pour nous autres! se plaint Isala.
– Peut-être une nouvelle poupée! claironna Flora. Je laisserai tout le monde jouer avec, même les garçons!
– Maman? demanda Adrien.
– Oui, Adrien? As-tu une idée?
– On pourrait le partager avec quelqu'un qui en a plus besoin que nous. Vous dites toujours, Maman, que celui qui donne reçoit toujours dix fois ce qu'il donne.

Madame Meunier sourit et embrassa Adrien.

– Tu viens de me donner une merveilleuse idée, Adrien!

CELLULE 1 - STOCKAGE DES GRAINS

CHAPITRE 6

Azeban et Muin reçoivent de la visite

Azeban et Muin étaient sagement assis dans la prison depuis deux jours maintenant. Azeban se tourna vers Muin.

– Ces nouveaux jours sont étranges, Muin.

– Oui, Azeban, très étrange, répondit Muin. Je ne pensais pas que le *monde* changerait autant pendant notre voyage avec notre père, nos frères Puku'kowij et Wiskijan, notre sœur Wowkwis et Oncle Mikcheech.

– Je ne comprends pas non plus, Muin. Nous sommes partis seulement deux cents ans. Comment est-ce que tout peut changer en si peu de temps?

Azeban réfléchit un instant, puis continua.

– Dans le temps, les *habitants* nous auraient chassés du village pour avoir causé des problèmes, mais personne ne nous aurait enfermés ainsi!

– Comment les *habitants* peuvent-ils être si différents, Azeban? se lamenta Muin. Maintenant, les *habitants* ne laissent plus leur cœur toucher la terre ou le ciel, ni n'écoutent les récits de leurs grands-mères et grands-pères.

Azeban et Muin méditèrent ensemble sur leurs pensées pendant quelques instants.

– Mais nous sommes les animaux farceurs, dit Azeban, en regardant soudainement vers le ciel. Et en tant que les animaux farceurs, causer des problèmes et jouer des tours aux habitants est notre place dans le *monde.*

Muin sourit.

– On s'amusait bien dans le temps à jouer des tours, n'est-ce pas Azeban? J'adorais quand nous arrivions à duper les *habitants* et qu'ils nous chassaient du village. Nous leur avons montré de bonnes leçons, Azeban! rit Muin à ce souvenir.

– Oui Muin, nous nous sommes bien amusés! Azeban s'égaya un peu. Mais j'ai eu du plaisir à jouer avec les animaux de la Troupe de Sabots aussi. J'aimerais les revoir.

– J'ai aimé le câlin qu'Isabelle la chèvre m'a fait, répondit Muin. Ça m'a fait sentir un peu drôle, comme si jouer des tours et causer des problèmes n'était plus si amusant. Muin soupira et s'arrêta un instant. Ça fait un bail que nous faisons des bêtises, Azeban.

– On ne peut être personne d'autre, Muin. C'est notre place dans le *monde*.

– Qui a dit que vous deviez toujours faire des bêtises?

Azeban et Muin levèrent la tête et virent Madame Meunier.

– C'est Madame Meunier! s'exclamèrent Azeban et Muin. Sommes-nous encore plus dans le pétrin?

Madame Meunier se tenait dans le cadre de porte avec Montcalm le chat sur son épaule et un panier contenant une tarte au sucre sortant du four.

Madame Meunier sourit.

– Ciel, non, n'êtes-vous pas déjà dans de beaux draps?

Madame Meunier s'arrêta et regarda directement Muin et Azeban.

— Toutefois, il y avait, comme vous le savez peut-être, une récompense pour vous attraper. C'est assez pour payer votre caution, mais... seulement si vous promettez de bien vous comporter et de ne plus causer d'ennuis.

L'ours et le raton laveur étaient surpris.

— Si nous nous comportons bien, nous ne serons pas en mesure de montrer aux *habitants* ce qu'il ne faut pas faire grâce à notre mauvais exemple.

Madame Meunier sourit gentiment à Muin et Azeban.

— Mes chers, chacun de nous peut changer le monde en commençant par soi. Si vous voulez que les gens apprennent à être bons, créez le bien que vous voulez voir chez les autres en le créant d'abord à l'intérieur de vous. Ainsi, les autres verront le bien dans votre cœur. Un bon cœur dégage une lumière que les autres pourront suivre.

- La gentillesse, la générosité, la patience, le pardon; ce sont de meilleurs maîtres que les tours, le mensonge, le vol et autres bêtises. Vous avez la liberté de choisir un autre chemin, un chemin que vous pouvez faire vôtre.

Azeban et Muin se regardèrent un instant, puis Muin se tourna de nouveau vers Madame Meunier.

- Vous avez la sagesse de votre révérée et honorée Ancienne Grand-mère, mais vous avez aussi le cœur confiant d'un enfant. Nous nous comporterons bien, mais pourrions-nous aussi avoir un peu de cette tarte au sucre? Faire le bien est plus facile le ventre plein.

– Bien sûr! dit Madame Meunier en prenant la tarte du panier. C'est pour cela que je l'ai apportée.

– Je vous aime, Madame Meunier, dit un Azeban reconnaissant en enlaçant Madame Meunier.

LA DANSE DE LA CRÉATION

Dédié à mon petit frère Patrick Bolton, que je portais
dans mes bras quand il était bébé.

1970-2023

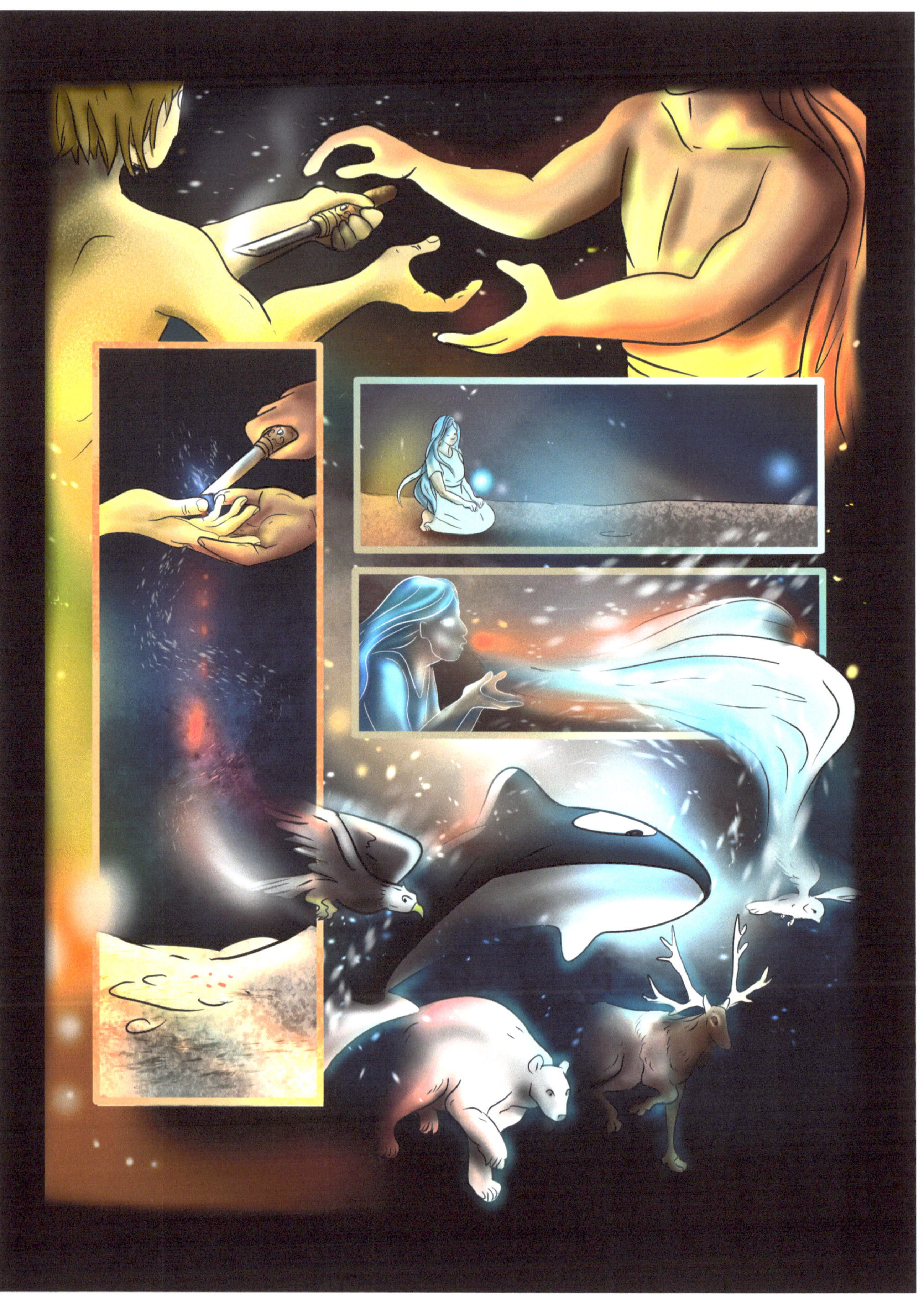

Les aventures de la famille Meunier continuent.

TOME 2

Un héritage à travers le temps

Une histoire de liens familiaux, d'animaux farceurs rusés et d'aventures jamais racontées ; le deuxième tome de *L'Arbre de l'ancienne grand-mère: Un recueil de contes canadiens-français* élargit la magnifique compilation de contes folkloriques vue dans le premier tome, dans le Québec du début du 20e siècle.

Un matin glacial d'automne 1902, le bûcheron Jacques LaRue fascine la famille Meunier avec l'étrange histoire d'un mystérieux géant de la forêt habitant les pentes du Mont-Orford. Ainsi commence le prochain volet des aventures de la famille Meunier alors qu'ils naviguent dans un monde d'anciens animaux filous et de liens familiaux.

Jumelant des récits richement ficelés et de magnifiques dessins, *L'Arbre de l'ancienne grand-mère* de Joseph Bolton et Natasha Pelley-Smith est un hommage à une histoire inédite qui touchera n'importe quel lecteur.

La genèse du monde de *L'Arbre de l'ancienne grand-mère*

TOME 3

Un conte sur la danse qui a donné naissance au monde

Nous sommes en août 2126 à Pembroke, en Ontario. Par une agréable soirée d'été, nous nous retrouvons autour d'un feu de camp. Un grand-père algonquin se remémore la création du monde pour ses petits-enfants adolescents. Tendez l'oreille pendant que le sage grand-père fait la lumière sur le commencement du monde de *L'Arbre de l'ancienne grand-mère*. Découvrez les origines des personnages bien-aimés comme Oncle Mikcheech la Tortue, Muin l'Ours, Azeban le Raton laveur, Wowkwis la Renarde, Wiskijan le Corbeau et Puku'kowij l'Orignal, tandis que Waaseyaa le Géant cherche ses frères et sœurs perdus dans le monde magique du Québec ancestral.

Dans cette suite très attendue des tomes 1 et 2 de la série *L'Arbre de l'ancienne grand-mère*, l'auteur Joseph Bolton combine son talent unique pour raconter des histoires aux illustrations exquises de l'artiste Natasha Pelley-Smith pour créer un nouveau conte inédit qui propulse les lecteurs et lectrices dans un nouveau monde.

Dernières réflexions et remerciements

J'ai eu la grande chance d'être entouré de personnes exceptionnelles dans la création de *L'Arbre de l'ancienne grand-mère*. Sans elles, ce livre n'aurait jamais vu le jour.

À moins d'être un artiste, il est impossible d'imaginer la quantité de travail qui se cache derrière un projet de livre comme *L'Arbre de l'ancienne grand-mère*. **Natasha Pelley-Smith** a soigneusement créé 300 illustrations en couleur. À certains moments, elle travaillait, telle une vraie marathonienne, pendant de longues heures. D'autres fois, elle cultivait les illustrations comme une jardinière prenant soin de ses fleurs dans un jardin sublime. Sa vie marquée par l'aventure et son cheminement personnel à la découverte de ses racines familiales lui ont donné une compréhension empathique, non seulement de mon histoire, mais aussi des personnages de *L'Arbre de l'ancienne grand-mère*.

L'art magnifique de Natasha, riche en dimensions, couleurs et lumière, provient des profondeurs de son âme emplie de sagesse. Étant moi-même dépourvu de toute habileté artistique, je me suis senti privilégié de la regarder travailler et me considère chanceux qu'une femme et artiste d'exception comme Natasha soit cocréatrice de *L'Arbre de l'ancienne grand-mère*.

Natasha et moi sommes très reconnaissants du travail de l'artiste et scénariste Masami Kiyono. Masami et moi avons travaillé sur divers projets, et elle est en outre une bonne amie qui a cru en ce livre depuis le début. Chargée du scénarimage de *L'Arbre de l'ancienne grand-mère*, Masami et son talent renversant et inégalé ont été fondamentaux pour visualiser le flux de l'histoire à partir des mots écrits sur la page et les transformer en une séquence d'illustrations pour *L'Arbre de l'ancienne grand-mère*. Masami était la pionnière qui débroussaillait le sentier afin que Natasha puisse la suivre et, ce faisant, elle lui a épargné des années de travail. Masami a aussi créé plusieurs des premières ébauches des personnages du recueil, notamment la famille Meunier et leurs animaux de ferme. Son ADN artistique traverse tout le livre.

En tant qu'écrivain, il est facile de regarder son propre travail et de penser « C'est génial! » et « Tout le monde comprendra ça! ». Les bons éditeurs nous aident à voir notre premier brouillon comme il est, y compris ses erreurs grammaticales, ses trous dans l'intrigue et son charabia incompréhensible. Mais quand j'ai fait parvenir le brouillon inachevé de la première histoire de *L'Arbre de l'ancienne grand-mère : La Troupe de Sabots,* à **Alexa Nazzaro**, elle y a aussi vu le potentiel pour un grand livre.

Je me souviens de notre premier appel Zoom où je lui ai exposé mon idée étrange de faire une collection illustrée de contes folkloriques canadiens-français. L'expérience d'Alexa a été essentielle pour transformer ce qui était un ramassis désorganisé de bonnes idées en une fondation solide pour un livre dont nous sommes fiers. Ses conseils m'ont aidé à devenir un meilleur écrivain et à réaliser le plein potentiel de ces histoires. Je suis reconnaissant de sa patience et de son soutien indéfectible sans lesquels ce livre n'aurait pas été possible.

Le succès d'un auteur repose beaucoup sur le soutien familial dont il bénéficie. J'aimerais remercier ma femme, **Mary Bolton**, et mes filles **Rachel** et **Lydia Bolton** pour leur immuable appui pendant que je planchais des heures durant sur ce livre, et pour avoir été un public enthousiaste de mes premiers brouillons.

Je ne peux souligner assez l'importance qu'ont eue pour moi le frère et la sœur de ma mère, **David Savoie** et **Anne-Marie Dau** (née Savoie). Leurs encouragements durant cette période où l'étendue de ce que j'essayais d'accomplir me submergeait ont été précieux. Ils ont tous deux commenté avec honnêteté et pertinence mes idées concernant l'histoire, et je suis certain que ça a été agréable pour eux de voir l'histoire de leurs grands-parents, Phileas et Isala Savoie, prendre vie sous forme de magnifiques illustrations et mots.

Ce livre s'inspire du regretté généalogiste et éducateur canadien-français **Normand Léveillée** (8 mars 1935 – 21 avril 2019), qui était aussi un descendant de Miteouamigoukoue et donc, mon cousin. Il n'a pas seulement effectué des recherches sur la vie de notre ancêtre Miteouamigoukoue — il a donné vie à un vrai être humain qui a traversé une perte tragique et a reconstruit sa vie. Malheureusement, au moment où j'ai découvert Normand Léveillée et mes propres liens à Miteouamigoukoue, j'ai su qu'il nous avait quitté tout juste quelques mois plus tôt, et qu'il avait vécu à une heure de route de chez moi.

Peut-être était-il approprié que Normand Léveillée supervise la création de ce livre depuis les feux de camp dans le ciel. Je l'imagine se tenant là, m'encourageant aux côtés de nos ancêtres **Miteouamigoukoue** et **Pierre Couc**.

Je crois qu'il y a une universalité dans le langage de nos croyances et mythologies collectives. Nous avons différents mondes qui décrivent les mêmes vérités magnifiques de nos vies comme êtres humains. Pour moi qui suis de tradition catholique, les feux de camp dans le ciel sont une autre façon d'exprimer le paradis, d'où même aujourd'hui, les membres décédés de notre famille nous regardent et prient pour nous. C'est à la fois extraordinaire et réconfortant pour moi de savoir que la croyance selon laquelle nous ne sommes jamais complètement séparés de nos ancêtres se retrouve partout dans le monde. Comme l'a dit Isala dans *Je me souviendrai toujours* :

> *Je pense que toutes les histoires décrivent la même chose, une chose si formidable que personne n'a pas les mots nécessaires pour tout dire en une seule fois.*

Dans cette recherche sur Miteouamigoukoue et les Algonquins, Normand Léveillée a appris l'histoire de **Sainte Kateri Tekakwitha**. La mère de Kateri, Kahenta, provenait de la même communauté que Miteouamigoukoue et a probablement été prise dans la même attaque que les enfants de Miteouamigoukoue. Normand Léveillée a eu l'intuition que Kahenta et Miteouamigoukoue pourraient être apparentées. Bien que la preuve du lien familial ne soit pas établie, j'ai ressenti personnellement que Sainte Kateri veillait sur ce livre et sa création. J'ai certainement toujours eu les ressources nécessaires lorsque j'en ai eu besoin, tout comme le soutien des bonnes personnes.

En outre, à certains moments, il semblait que Miteouamigoukoue, Pierre Couc et **Assababich** m'inspiraient directement la façon dont ils étaient dépeints dans ces histoires. Je ne peux expliquer ou décrire comment c'est possible, mais j'ai senti que c'était réel. Pendant que je réfléchissais à cela, je me suis rendu compte que Miteouamigoukoue comme Sainte Kateri avait vécu la perte tragique de leur famille au cours de leur vie, et qu'il serait parfaitement normal qu'elles s'intéressent à leur famille vivant aujourd'hui au 21ᵉ siècle, et s'en inquiètent avec sollicitude.

Au moment où j'écris ces lignes, je me rends compte qu'il reste encore d'autres histoires à raconter dans le monde de *L'Arbre de l'ancienne grand-mère* :

- D'où viennent les anciens animaux farceurs et comment ont-ils rencontré pour la première fois les *Habitants*?

- Quelle amitié liait Miteouamigoukoue et Mikcheech?
- Qui, entre Grand-père Charles et Mikcheech, a remporté le légendaire match de lutte?
- Qu'est-il arrivé durant la joute de tir à la corde entre les animaux de la ferme Meunier et ceux de la ferme LaRue?
- Comment Gaëlle et Maëlle LaRue rencontrent-elles leurs maris à Whitehorse? Et pourquoi sont-elles pourchassées par un canot volant?
- Qui sont les autres animaux farceurs ?
- Qu'est-ce que Tante Victorine et Adrien trouvent au sommet du mont Orford?

L'œuvre d'un écrivain n'est jamais terminée. Je planifie travailler sur ces histoires au cours des prochaines années, et vous serez en mesure de les trouver sur mon site Web. J'espère que vous avez eu du plaisir à lire ces contes folkloriques. Si oui, pensez à prêter ou à donner un exemplaire de ce livre à d'autres qui pourraient les aimer aussi. Plus que jamais, nous avons besoin de bonnes histoires à lire à nous-mêmes et aux autres.

Merci!

Déclaration de l'artiste
Par Natasha Pelley-Smith

Ça a été un grand honneur de contribuer à ce livre. Collaborer avec Joseph, auteur et cocréateur, s'est avéré une expérience enrichissante qui a donné vie à chacune des illustrations. Ensemble, nous avons été témoins de l'émergence d'une collection d'histoires puissantes formant un tout cohérant – j'ai bien hâte de les partager avec d'autres.

Dans le processus créatif, j'ai utilisé une tablette graphique tactile qui m'a permis de dessiner avec la même authenticité que sur papier. Cette méthode améliore la qualité du dessin à la main, et j'espère que les lecteurs apprécieront l'effet tangible qu'elle apporte à l'œuvre. M'inspirant de la talentueuse artiste scénariste Masami, j'ai intégré la vision de Joe et ses recherches historiques dans mon travail, tout comme mes propres idées. En adaptant à partir de notes détaillées, j'ai créé un style dynamique et unique qui ajoute un effet captivant aux illustrations.

La lumière a une signification particulière dans mon processus artistique; elle représente un élément crucial pour insuffler la vie aux personnages. Donner la touche finale qui améliore l'ensemble de l'expérience visuelle est l'étape que je préfère.

Au moment d'embarquer dans cette aventure d'illustration, je n'aurais pas pu anticiper l'envergure du projet. Toutefois, le temps passe vite et j'ai été captivée par le récit chaque jour où j'ai dessiné. Je pense que les lecteurs partageront cette expérience immersive, et sentiront le temps filer, plongés dans les histoires enlevantes les transportant dans un autre monde.

À propos de l'auteur

Joseph Bolton est né à Pawtucket, au Rhode Island, vers la fin de l'âge d'or de la culture canadienne-française en Nouvelle-Angleterre. Enfant, entouré de la famille canadienne-française de sa mère, Joseph a du plaisir à écouter les histoires de ses grands-parents et grands-tantes à propos d'un lieu mystérieux et magique appelé Québec, désigné aussi comme « l'endroit d'où on vient ».

Ses études secondaires terminées, Joseph, mû par une nature aventureuse, s'enrôle dans l'armée américaine où il sert comme parachutiste dans l'armée de l'air, sautant d'avions parfaitement fonctionnels au grand désespoir de sa mère.

Bien qu'au départ, son intention était de rester dans l'armée seulement deux ans, il est finalement affecté à l'académie militaire américaine à West Point, et après l'obtention de son diplôme en 1989, il décide de poursuivre une carrière militaire.

Ensuite, Joseph obtient son diplôme de l'Army's Ranger Training School, un cours de leadership de combat exigeant et exténuant physiquement. Au cours des 18 années suivantes, il sert dans l'armée, occupant des postes variés aux responsabilités de plus en plus importantes et culminant par une tournée de combat en Afghanistan en tant que l'un des deux officiers des opérations spatiales au sein de la 10e Division de montagne de l'armée américaine.

Depuis sa retraite de l'armée, Joseph occupe divers postes de gestionnaire de projet en tant que fournisseur civil pour l'armée de l'air américaine. Pour écrire *L'Arbre de l'ancienne grand-mère*, Joseph prend une année sabbatique de l'armée de l'air et enseigne les mathématiques à de jeunes élèves pendant un semestre à la Holy Family Academy à Gardner, au Massachusetts. Cette expérience a été pour lui l'emploi le plus épanouissant qu'il ait occupé et il espère retourner enseigner à temps plein dans un avenir rapproché.

Bolton est de descendance canadienne-française, autochtone, espagnole, anglaise et irlandaise, et est profondément inspiré par les récits de ses ancêtres. Il vit avec sa femme au Massachusetts, et dans son temps libre, il aime faire de la randonnée et du ski dans les paysages du Québec et de la Nouvelle-Angleterre. Ses endroits favoris pour ses aventures de plein air sont les montagnes Berkshire au Massachusetts et le mont Orford au Québec. Lorsqu'il n'est pas en train d'écrire, de randonner ou de skier, Joseph aime lire sur la science, l'histoire, la philosophie, les mathématiques et les mythologies du monde. *L'Arbre de l'ancienne grand-mère* est son premier livre.

À propos de l'artiste

Natasha Pelley-Smith, née à Toronto, est une artiste professionnelle expérimentée ayant obtenu son diplôme en 2017 de la prestigieuse académie des beaux-arts Écohlcité en France (désormais intégrée à Émile Chol de Lyon). Bien outillée, elle possède des habiletés diversifiées qui vont de la création de murales de toutes tailles à l'illustration de livres et la création de toiles à la peinture à l'huile, à l'acrylique et autres médiums combinés. Son cheminement professionnel est une aventure créative continue.

Son axe artistique évolue autour du portrait expressif, par lequel elle explore les méandres de la découverte identitaire et des influences culturelles. Natasha est connue pour incarner ses racines autochtones, jamaïcaines et terre-neuviennes, tout comme les autres fils culturels de sa vie. Son œuvre est une invitation à accueillir nos facettes multiples, culturelles comme émotionnelles; elle véhicule ainsi un message d'unité et d'amour de soi.

Revenue à ses racines canadiennes, Natasha continue ses contributions importantes tant par l'art mural que par la peinture et l'illustration. Durant sa carrière, elle a participé à des collaborations artistiques avec des entreprises commerciales de renom comme CiteCreation en France et des entreprises canadiennes et américaines comme Lycopodium Minerals Canada Ltd., Randstad Canada, la Ville de Pickering, Longslice Brewery, Black

Calder Brewery Co., York Regional Bell Box, la Ville de Richmond Hill en Ontario, ainsi que la boutique de thé aux perles, Nuttea Toronto. Plusieurs de ces projets présentent des liens avec des éléments culturels, environnementaux et issus de la diversité.

Est également digne de mention la clientèle privée de Natasha par laquelle ses œuvres ont été reconnues à maintes reprises. Notamment, quatre livres illustrés publiés l'ont menée à collaborer avec l'auteur américain Joseph Bolton, son projet le plus important à ce jour. Le livre raconte une histoire élaborée mettant en scène le folklore canadien-français, la croissance personnelle des personnages et surtout, l'héritage et les racines algonquiennes de Joseph tout en tissant un lien avec les racines de Natasha : les Nations ojibwé, kootenay et crie, présentes subtilement dans le livre.

Natasha continue d'illustrer *L'Arbre de l'ancienne grand-mère*, un project qui se poursuivra en 2025 avec la troisième tome. Elle a hâte que le livre se matérialise, et le perçoit come un symbole de culture à chérir. Pour un aperçu du talent artistique et unique de Natasha, consultez son site Web:

https://welcome.natashapsartwork.ca/

À propos de la scénarimagiste

Masami F. Kiyono est une illustratrice et scénariste américano-japonaise ayant participé à une panoplie de projets, des livres pour enfants aux publicités du Superbowl. Parmi ses derniers projets, on compte la création d'illustrations pour un documentaire intitulé Voices of Deoli (2024), qui raconte l'histoire de l'emprisonnement d'environ 3000 Chinois vivant en Inde dans des camps d'internement après la Guerre sino-indienne, et comment les survivants s'en sortent et réussissent aujourd'hui.

Dans son temps libre, Masami aime regarder des dessins animés et en apprendre sur le folklore. Ces intérêts, comme son héritage culturel, influencent son travail qui contient souvent de la fantaisie noire et un brin d'humour.

Masami travaille avec Joseph Bolton depuis le début de ce projet et l'a vu évoluer de manière importante. Ce qui a commencé comme une histoire mignonne sur des animaux de ferme magiques s'est déployé en un récit personnel sur la famille de l'écrivain. C'est à ce moment que la planification visuelle et le scénarimage du projet a commencé à s'axer autour de la construction du monde. Les personnages et leurs environnements devaient refléter la magie sous-jacente continuellement présente dans la province : tout jusqu'aux couleurs du châle de Delia Meunier est devenu lié aux pouvoirs célestes qui influencent les événements dans l'histoire. C'est le type de planification qui ravit particulièrement Masami quand elle illustre une histoire; c'est pourquoi elle a relevé le défi avec enthousiasme.

Pour voir son travail d'illustratrice, consultez son site Web à :

www.masamikiyono.com/illustrations

www.ingramcontent.com/pod-product-compliance
Lightning Source LLC
Chambersburg PA
CBHW041409300726
48978CB00002B/36